KB136316

에드워드 3세

윌리엄 셰익스피어 지음

신정옥 옮김

전예원

『셰익스피어 전집』을 옮기고 나서

숙명처럼 혹은 원죄(原罪)처럼 나의 삶과 정서를 지배하던 먹구름은 이제 걷히고 맑은 하늘이 열리고 있다. 하지만 나의 마음은 왠지 허전하고 공허하다. 셰익스피어와의 힘겨운 싸움에 쇠잔한 때문일까.

나는 이제 셰익스피어가 그의 전 생애에 걸쳐 이룩한 장막 희곡 37편과 3편의 장편시 그리고 소네트를 우리말로 옮기는 작업에 종지부를 찍었다. 돌이켜보면 셰익스피어 문학에 어렴풋이나마 눈이 뜨이고 귀가 열린 것은 『한여름 밤의 꿈』을 번역하면서 비롯되었는데, 그때 내 마음 속 깊이 자리 잡은 셰익스피어가 나를 운명처럼 괴롭힌 지도 어언 20여 년이나 된다.

지난 오랜 세월 동안의 나의 외로운 번역작업은 문자 그대로 인고(忍苦)의 세월이었다.

"그 진실 때문에 고통의 모습을 사랑한다."고 토로한 미국의 청교도 여류시인 에밀리 디킨스의 말처럼, 위대한 인간성에의 끝없는 사랑과 아름다움에 따뜻한 시선을 던지는 셰익스피어 문학의 진실 때문에 나는 그를 우리말로 옮기는 고통을 감내해 왔는지도 모른다.

그러면서도 사실 내가 셰익스피어 작품에 매료된 가장 큰 원인은 바로 그의 언어의 천재성 때문이었다. 언어가 빚어낸 비극성과 희극성이 그를 인류 역사에 찬연히 빛나는 불멸(不滅)의 극시인으로 만들었고 신선한 탄력이 나를 사로잡았던 것이다. 어디 그뿐이

라. 시적 아름다움과 향기가 깃들여 있어서 매우 심도(深度)있는 함축성을 지닌 문제에다 음악의 미와 이미지의 미가 유기적으로 융합됨으로써 아름다움이 더욱 빛을 발하고 있는 것이다.

따라서 태반이 이중 영상적(映像的)인 그의 언어는 윤기마저 흐른다. 그의 언어는 싱싱하게 살아 숨쉰다. 영혼의 심연(深淵)으로부터 우러나오는 언어의 광채와 언어의 맥박의 울림 속에서 극적 전개를 이룩해나가는 것이 셰익스피어 극의 위대함이다. 그래서 엘리자베스 시대의 영국 국민들은 셰익스피어의 극에서 시각적인 감동보다도 청각적인 짜릿한 감흥에 젖어들기를 좋아했다. 이를테면 눈으로 보는 연극보다도 귀로 듣는 연극을 좋아했고 탐닉했던 것이다.

셰익스피어의 신성(神性)에 가까운 언어의 천재성은 그의 작품을 번역하는 사람들에게 적지 않은 어려움을 안겨왔다. 나 역시 그러한 곤혹스러움에 빠져 후회가 되기도 했다. 그리하여 한 작품의 번역이 끝나고 그 다음 작품에 손을 댈 때마다 "잘못 씌어진 책은 실수이나 좋은 책의 오역은 죄악이다."라는 명구가 나를 긴장시키곤 했다. 그러한 심신의 동요 속에서도 이렇게 전집을 펴낼 수 있었던 것은 순전히 주변의 가까운 선배 동료의 격려 덕분이라고 생각한다.

여하튼 셰익스피어 원작을 번역함에 있어 나는 무분별한 직역과 지나친 의역을 피해서 될 수 있는 대로 원전에 충실하기로 방침을 세웠다. 원전과 번역의 거리를 최대한 축소시켜, 원전의 의미와 향취를 살리면서도 오늘의 감각과 취향에 맞도록 하기 위해서 애를 썼다.

따라서 "번역은 충실하면 충실할수록 덜 아름답고 아름다우면 아름다울수록 덜 충실하다."라는 폴 발레리의 고백을 교훈삼아 나의 번역도 그렇게 지향하려고 노력했다.

　두말할 나위 없이 셰익스피어 작품의 훌륭한 번역가는 세 개의 얼굴을 가진 그리스의 알테미스 여신보다도 한 개가 더 많은 얼굴을 가져야 된다고 한다. 즉, 네 개의 얼굴 [四面性]이란 비평가적 얼굴, 언어학자적 얼굴, 연출가적 얼굴, 시인적 얼굴, 다시 말해서 비판의식과 어휘의 풍부함과 무대지식과 그리고 시인적 감각을 가리킨다. 이러한 사면성이 탄탄하게 갖춰졌을 때 비로소 극시인의 본래의 사상과 이미지 그리고 영상을 충실하게 드러낼 수 있다고 하겠다.

　나는 과거에 출간된 셰익스피어의 번역물들의 공통적 특성이라 할 산문 투의 대사를 지양하고 될 수 있는 대로 무대 언어로 옮기려고 노력했지만 뜻대로 되지 않은 것 같아 아쉬움이 남기도 한다. 그러나 셰익스피어 작품 완역(完譯)이 한국 출판문화, 더 나아가 정신문화를 윤택하게 하는 데 한 알의 밀알이 되었으면 하는 바람을 갖고 있다. 앞으로 좋은 번역이 나오는 데 있어 나의 역서가 한 징검다리가 될 수만 있다면 그것으로 기쁘겠다.

　끝으로 셰익스피어 전집이 우리말로 옮겨져 나오기까지 거친 원고를 정리하고 교정하여 책으로 만드는 데 많은 수고를 아끼지 않으신 도서출판 전예원 편집부원들과 따뜻한 정의(情宜)와 격려를 주신 분들에게 감사한다. 특히 건전한 번역문화를 선도하는 도서출판 전예원 金鎭洪 박사의 각별한 배려와 후원에 크게 힘입었음을 밝히면서 농시에 따뜻한 감사를 드린다.

1989년 여름
신정옥

에드워드 3세

KING EDWARD Ⅲ

▶ 등장인물 ◀

⟨잉글랜드인⟩

왕 에드워드 3세 (1312~1377, 재위 1327~1377). 에드워드 2세(1284~1327)
와 프랑스 필립 4세의 공주였던 왕비 이자벨(1292~1358)의 제 1왕자.

왕비 필리빠 에노 백작 윌리엄 3세의 딸(1311~1369). 1328년에 에드워드
3세와 결혼. 12명의 아이들을 낳았음. 즉 7인의 아들들, 5인의 딸들을 낳음.

에드워드 왕자 (1330~1376). 에드워드 3세의 제1 왕자. 1343 년에 왕세자
가 되고, 프랑스와 전쟁 시, 검은 색 투구를 썼다 해서 **흑태자**라는 별명으
로 널리 알려진 인물.

설즈베리 백작 제1 설즈베리 백작 써 윌리엄 몬태규(1304?~1344).

백작부인 설즈베리 백작 부인 캐서린(1304~1349).

워릭 백작 제 11대 워릭 백작 토마스 드 뷰챔프(1314~1369). 가터 기사단
창설자의 한 사람.

윌리엄 몬태규 경 제1 설즈베리 백작 윌리엄 몬태규 경의 조카. 1341년
스코틀랜드군에 의한 록스보로 성 포위 때 성의 대장을 맡았음.

더비 백작 헨리 3세의 증손 헨리 오브 랑카스터(1300?~1361). 1337년에
더비 백작이 되다. 1351년에는 랑카스터 공작이 됨. 그의 딸 블랑쉬는 에
드워드 3세의 3남 존 오브 곤트와 결혼하였으며, 볼링브룩(헨리 4세)을 낳
았음.

오들리 써 제임즈 오들리 남작(1316~1386).

퍼시 경 퍼시경 헨리. 『헨리 4세』 2부작이나 『리처드 2세』에 나오는 노섬
벌랜드 백작의 선조.

존 커프란드 1346년의 네빌스 크로스의 전투에서 스코틀랜드왕 데이빗을
포획한 향사, 후에 기사가 됨.

로도윅 에드워드 왕의 비서.

향사 2명

전령

⟨잉글랜드 편인 프랑스인⟩

로베르 아르또와 백작 (프랑스) (1287~1343). 후에 리치먼드 백작(영국)

문포르 경 문포르의 죤 4세(1293~1345). 브르타뉴 공작 아서 2세의 아들

고뱅 드 그라스 프랑스인 사병, 프랑스의 포로.

⟨프랑스인⟩

왕 죤 2세(주: 프랑스 명으로 쟌 2세로 불려짐) 발로와의 선량왕(善良王)

죤 2세(1319~1384). 1350년까지 노르망디 공작으로 있었고, 그 해에 아버

지 필립 6세를 계승하여 프랑스 왕이 됨.

샤를르 왕자 죤 2세의 장남(1337~1380). 1350년에 노르망디 공작이 됨.

1364년에 프랑스 왕 샤를르 5세로서 즉위.

필립 왕자 죤 2세의 4남(1341~1404). 1364년에 버건디 공작이 됨.

로렌느 공작 라우르(1318~1346) 필립 6세의 강력한 협력자. 크래씨 전투

에서 사망.

빌리에 후르와싸르의 『노르망디의 기사』의 이야기에서는 이름 없는 노

르망디 출신의 기사

깔레의 대장

다른 대장

선원

전령 3명

크래씨의 두 시민

다른 프랑스인 3명

두 아이의 어머니

깔레의 부자 시민 6명

깔레의 가난한 시민 6명

〈프랑스 편인 자〉

보헤미아 왕 장님의 존(1296~1346). 룩셈부르크 백작. 1311년에 보헤미아 왕이 됨. 그는 전 왕 벤세스라우스 4세의 딸 엘리자베스와 결혼. 크래씨 전투에서 사망.

폴란드의 대장

덴마크의 부대

〈스코틀랜드인〉

데이빗 왕 스코틀랜드 왕 데이빗 2세(1324~1471). 1346년의 네빌스 크로스 전투에서 포로가 돼, 보석금을 가져가 해방될 때까지 11년간 런던탑에 갇힘.

써 윌리엄 더글라스 용감한 스코틀랜드 군사령관. 1340년에 에딘버러 성을 정복하지만, 1346년의 네빌스 크로스 전투에서 데이빗 왕과 함께 포로로 잡힘

전령 2명

기타 영주들 수행원들 장교들 군인들 시민들 하인들 등등

▶ 장 소 ◀

영국 프랑데르 프랑스

제1막

인간의 눈에서 빛을 앗아가는 빛은
햇빛에게만 있는 것이 아니다.
나의 눈이 보려는 것은 이곳의 두 별이다.
태양보다 더 빛나며, 나로부터 빛을 훔쳐간다.

제2장 에드워드 왕의 대사 중에서

제1장 **런던. 왕궁의 방.**

에드워드 왕, 더비, 에드워드 왕자, 오들리, 아르또와, 워릭 등과 더불어 등장.

에드워드 왕 아르또와의 로베르여, 조국인 프랑스에서
추방되었으나, 우리 편이 되어, 지금까지처럼
위대한 귀족으로 있어다오.
이제부터는 리치먼드 백작이 되는 거다.
자, 그럼, 우리의 가보(家譜)를 말해보라.
프랑스 왕 필립 4세의 뒤를 이은 자는 누구인고?

아르또와 세 왕자이나이다. 모두가 차례대로
부친의 옥좌에 앉았으나,
다 사망하였고, 자식도 남기지 않았습니다.

에드워드 왕 그렇다면 그 세 명이 나의 모친의 형제였겠지?

아르또와 그렇습니다, 폐하, 이자벨 님만이
필립 왕의 외동따님이었으며,
폐하의 부친께서 마님으로 하신 분이시며,
그 분의 태도가 향기로운 꽃밭이 되어,
유럽의 희망의 꽃인 존귀하신 폐하께서
프랑스의 왕위계승자로서 태어나신 겁니다.

그러나 보십쇼, 반역하는 마음의 악덕함을.
이와 같이 필립 왕의 핏줄이 끊기자,
프랑스 인들은 모친의 권리를 등한시하여,
모친께서 혈통을 이을 분이신데도, 발로와 가의 존을
왕으로 선언하였습니다. 지금은 그들의 왕이죠.
그 이유는 그들의 말로는, 프랑스 왕국은
훌륭한 가문의 왕자들로 충만하니,
남자 부계에서 태어난 남자가 아니면,
통치자로서 인정할 수 없다는 것입니다.
불순하게도 그런 유별난 이유로
폐하를 배제하고져 하는 것입니다.
에드워드 왕 그러한 덧없는 아유는 부서지기 쉬운
모래더미에 불과하다는 것을 알려줘야겠다.
아르또와 프랑스인인 제가 이러한 것을 밝히는 것은
극악하다고 생각할 수도 있겠으나,
저의 맹세는 하늘도 챙겨보실 일이니,
증오도 아니고 개인적인 악의도 아니며,
저의 나라에 대한 사랑과 정의가
제 혀를 자극하여 아낌없이 말씀드리는 겁니다.
폐하가 우리들 평화의 정당한 수호자이시니,
발로와 가의 존이 옥좌에 오르는 것은 가당치 않습니다.
그렇다면 신하들이 자기들의 왕을 모시는 것이 당연지사가
아니겠습니까?

아, 폭군의 오만함을 억누르고,

자기나라의 참다운 보호자를 모시는 것보다,

더한 본분을 보일 것이 어디 있겠습니까?

에드워드 왕 그 충고는, 아르또와, 결실을 돕는 빗물과 같이

나의 위엄을 돋우는 것이다.

그 말의 불타오르는 활기 덕분에,

이 가슴에 뜨거운 용기가 움트고 있다,

아직까지는 모르는 탓으로 속에 묻어왔던 용기이나

이제는 명성이라는 황금의 날개를 달고 일어서는 것이다.

그리고 멋진 이자벨의 혈통답게

완고한 적들의 목에 강철로 된 멍에를 매어주고,

프랑스에서 나의 왕권을 거역한 자들에게 모욕을 가하며 대

항할 것이다.

뿔나팔 소리.

전령이군.─오들리 경, 어디서 온 것이지.

로렌느, 전령으로서 등장.

오들리 로렌느 공작입니다, 바다를 건너와서,

폐하를 알현코자 원하고 있습니다.

에드워드 왕 들라고 하여라, 경들, 소식을 들을 수 있겠지─

제경, 퇴장하였다가 로렌느 공작과 같이 등장.

로렌느 공작, 어째서 온 것이요?
로렌느 가장 위대하신 프랑스의 죤 대왕 폐하가
그대, 에드워드에게 인사를 하오, 본인을 통한
지시인즉, 폐하의 너그러우신 선물로써
귀하는 기엔느 공작령을 차지하게 되었으나,
신하의 예를 다하지 않고 있소
그럼으로 해서 여기에 그대에게 명하노라,
40일 이내에 프랑스에 와서,
거기에서 관례에 맞게
우리의 왕에 대하여, 충성을 다하는 신하임을 맹세할 것,
그렇지 않으면 그 공국(公國)에 대한 공작의 신분을 상실하고,
폐하께서 직접 그 자리를 차지할 것이니라.
에드워드 왕 우연한 경우가 나에게 웃으며 다가오는구나.
프랑스에 가려는 마음을 정하자마자,
바로 초청을 받다니－협박을 받으며,
오지 않으면 벌을 준다고 하다니!
안 간다고 하면 어린애 같은 짓이라.
로렌느 공, 이 회답을 가지고 가서 주인에게 전하라,
그 자가 요망한 바대로 방문하기로 한다－
그러나 어떤 거지? 노예와 같이 허리를 굽혀서가 아니라,
정복자와 같이 그 자에게 머리를 숙이게 하려는 거다.

그 자의 서투르고 세련되지 않은 수단은 속이 드러났다.
오만함을 그럴듯하게 비춰주던 복면을
진실이 얼굴에서 떼어낸 것이다.
충성을 바치라고 감히 명령을 해?
그 놈이 찬탈한 왕관은 나의 것이라고 전하라,
그리고 그 자는 그 자리에서 바로 무릎을 굽혀야 한다고.
내가 요구하는 것은 하찮은 공작령이 아니다,
프랑스의 전 영토인지라.
만약 그것을 넘겨주기를 꺼려서 거부한다면,
그 놈이 빌려 입은 멋진 옷을 벗겨서,
벌거숭이로 황야에 내쫓을 것이다.

로렌느 그렇다면 에드워드, 그대의 신하들이 있는 이 자리에서,
그 얼굴에 도전장을 던지오.

에드워드 왕자 도전장이라, 프랑스 놈? 너의 주인의
목구멍 속까지 그것을 쳐 넣어주마.
그리고—왕이신 나의 부친이나
경들에게 실례가 되지 않게 말한다면—
너의 심부름은 한심한 일이다.
너를 이곳에 보낸 자도 독수리 둥우리에 슬쩍
끼어들려는 게으른 수벌이나 부리는 놈이다. 그런 자를
그 둥우리에서 격렬한 폭풍으로 떨어뜨려서,
다른 자들의 본보기로 삼을 것이다.

워릭 입고 있는 사자의 가죽을 벗으라고 일러라.

전장에서 사자를 만나면, 자존심으로 노여워져
갈기갈기 찢어놓게 될 것이다.
아르또와 내가 그 왕에게 드릴 착실한 충고는
강제로 당하기 전에 항복하는 것이요.
격하게 당하는 것보다는
스스로 모욕을 받는 것이 나을 것이니.
로렌느 타락한 배반자 놈, 독사가 되어
어려서부터 자라온 조국을 배반할 것인가!
이 모의에 가담할 것인가?

로렌느, 검을 빼다.

에드워드 왕 (검을 빼서) 로렌느, 이 강철의 예리함을 보라.
내 마음을 억누르는 뜨거운 욕망은
이 칼날보다 더 가시같이 따끔거리며,
나이팅게일이 가슴에 상처를 주듯이, 나도 가슴이 지끈거리
는데
한결같이 자신을 다독거린다.
우리의 군기가 프랑스에서 펄럭거릴 때까지는 말이다.
이것이 너에게 주는 최후통첩이다. 썩 꺼져라.
로렌느 그 통첩이나, 영국인의 용기 등은 관심도 없다.
무엇보다 괴로운 것은 이 놈의 한심한 모습이다.
가장 충성하여야 할 자가 최악의 반역을 하다니.

(로렌느와 수행원들, 퇴장)

에드워드 왕 자, 경들, 우리의 함대는 이미 출항하였소.
도전장을 던졌고, 싸움의 길로 들어섰소,
그러나 쉽게 끝날 일이 아닌지라.

윌리엄 몬태규 경 등장:

무슨 일로 온 거요, 윌리엄 몬태규 경?
스코틀랜드와 우리의 동맹 건은 어찌 되었는가?
몬태규 갈라지고, 분리되었습니다, 폐하.
우리의 군이 철수한다는 걸 알게 되자마자,
비열한 왕은 곧바로
지난날의 맹세도 잊은 채,
접경한 마을을 침공하여,
버윅을 함락하고 뉴캐슬을 약탈하여 전멸시켰습니다.
그리고 지금 그 폭군은 록스보로 성을
포위하였고, 그 안에 갇힌
설즈베리 백작부인의 생명이 위태롭습니다.
에드워드 왕 아니, 그건 경의 딸이 아닌가, 워릭,
사위는 그곳에서 문포르 경의 기반 안정을 위하여,
브르타뉴 반도에서 오랫동안 군사일을 하였지?
워릭 그렇습니다, 폐하.
에드워드 왕 야비한 데이빗 놈, 팔을 흔들며

족친다는 자가 겨우 서글픈 아녀자란 말인가?
그러나 너의 달팽이 뿔을 오그라들게 해주겠다!
그래서 우선, 오들리 경, 이것이 명령이니,
프랑스에 대한 전쟁을 위하여 보병을 소집하라.
그리고 네드(주: 에드워드 왕자의 애칭), 무장한 병사들을 인솔하여,
각 주(州)에서 각각 부대를 선발하는데,
불명예라는 오점만큼은 겁을 먹는,
사기왕성한 병사들이어야 한다.
그러니까, 방심해서는 안 된다. 강대국을 상대로,
대단한 전쟁을 시작하는 거니까.
더비 백작, 나의 장인 에노 백작에게
우리의 대사로서,
우리의 기획을 알려드리고,
그리고 동시에 프랑데르에 있는
우리의 동맹군과 같이, 독일의 황제가
우리 편이 되도록 애쓰게 하는 거다.
나 자신은 , 여러분이 합심하여 일하는 동안
수하에 있는 군대를 이끌고 반역을 한
스코틀랜드 왕을 다시금 격퇴시킬 것이오.
그러나 여러분, 굳세어야 하오. 어느 쪽에서든
다 전쟁이니까. 그리고 네드, 너는 이제는
공부나 서적도 잊어버리고,

그 어깨에는 갑옷의 무게를 지녀야 한다.

에드워드 왕자 이 타오르는 전쟁의 격동소리는

젊은 심지에 즐겁게 울립니다,

마치, 왕의 대관식에서

"황제만세"라고 사람들이 소리높이 부르짖는,

즐거운 외침과도 같습니다,

명예의 학당에서 제가 배우는 것은

적을 죽음의 신 앞에 희생자로 삼거나,

아니면, 정의의 전투에서 목숨을 바치는 것입니다.

자, 즐겁게 전진이요, 맡은 바 장소로.

중차대(重且大)한 일에 늦으면 큰일이요   (퇴장)

제2장 록스보로, 성 앞.

설즈베리 백작부인이 발코니에 등장.

백작부인 아, 우리 국왕이 보내주실 구원의 손길을
내 서글픈 눈이 얼마나 하염없이 바랬는가!
아, 몬태규 조카, 너는 나를 위하여
왕에게 열정적으로 청원을 할
매서운 열기도 없단 말인가.
스코틀랜드인에게 잡혀서 당하는 모욕이
얼마나 서글픈 것인지 왕에게 말도 못했지.
엉뚱하고 버릇없는 서약으로 구애하고,
야만스럽게 힘으로 억지로 모욕한다는 것을.
말도 못하였을 거다, 만약 그자가 제멋대로 설친다면,
북쪽에서 우리나라를 얼마나 비웃을 것인가,
그리고 놈들의 넌더리나고 몰염치한 까불기 춤으로
우리를 정복하였고 우리가 거덜 났다고 하겠지.
그것도 벌거숭이 한랭(寒冷)한 황야에서 말이야.

데이빗 왕과 더글라스, 로렌느 등 등장.

비켜야지. 한없이 미운 적이
이쪽에 오는군, 옆에 숨어 서서
우둔하고 자존심에 찬 종알거림을 들어봐야지.
                    (무대 뒤쪽에 숨는다)
데이빗 왕 로렌느 공, 우리의 형제 프랑스 왕에게
문안드려주오, 기독교 신자로서
가장 존엄하게 경애하고 있다고.
돌아가면 이런 말을 전해주는데,
우리는 잉글랜드와는 평화협상을 하지 않을 것이며,
우호적으로 하거나, 휴전도 하지 않소,
그뿐이겠소, 그들의 시골마을들을 불태워버리고,
그들의 도시 요크를 넘어가서 격렬하게 공격할 것이요
우리의 멋진 기마병들은 쉬는 일도 없이,
말의 입에 물리는 재갈이나 재빠른 박차에
녹이 슬 사이도 없이,
쇠사슬로 엮은 갑옷을 벗지도 않으며,
스코틀랜드의 물푸레나뭇결이 있는 막대기를
느긋하게 성벽에 대놓지도 않으며,
단추를 단 황갈색의 가죽띠로부터
날카로운 칼을 치워놓지도 않으며, 귀공의 왕이
"됐다, 이제는 가련한 영국인을 용서해줘라!"라고 말할 때까
지는.
잘 가오, 그리고 이 성의 앞에서 우리들과

헤어져서 왔다고 말해주오, 그때가 바로 이 성을
우리 손에 차지한 것이라고.

로렌느 떠나겠습니다, 폐하의 훌륭하신 인사의 말씀을
우리 왕에게 전하겠습니다.   (퇴장)

데이빗 왕 자, 더글라스, 아까 하던 일로 돌아가지,
그 전리품 분배에 관한 것인데.

더글라스 폐하, 그 부인만 바랄 뿐입니다.

데이빗 왕 아니, 그만하게. 우선, 내가 골라야지.
그리고 처음에 차지하는건, 나여야지.

더글라스 그러시다면, 폐하, 저는 부인의 보석을 가지겠습니다.

데이빗 왕 그것도 그 부인의 것이라. 언제나 같이 있어야 하니,
그 부인을 차지하는 자가 다 갖는 거다.

스코틀랜드인(전령)이 급하게 등장.

전령 폐하, 전리품을 가져 오려고, 언덕 위를
달리며 이곳으로 행진하고 있었던 바,
어렴풋한 곳에 막강한 군세를 발견하였습니다.
갑옷에 반짝이는 태양이 보이는 것은
철판의 연달은 전장이며, 돌출한 창입니다.
폐하께서 속단하소서.
천천히 행진해서라도, 최후부가
이곳까지 오는데, 4시간도 걸리지 않습니다.

데이빗 왕 후퇴다, 후퇴. 잉글랜드의 왕이다.

더글라스 이봐라, 제미, 내 귀여운 검은말에 안장을 놓아라.

데이빗 왕 싸우려는 건가, 더글라스? 우리는 너무나 약하다.

더글라스 알고 있습니다, 폐하, 그래서 도망가는 겁니다.

백작부인 (앞에 나오며) 스코틀랜드의 여러분, 남아서 한잔 하셔야죠.

데이빗 왕 우리를 놀리고 있군, 더글라스, 참을 수 없다.

백작부인 그런데, 여러분, 여자를 차지하는 자가 누구였죠? 그리고 보석은요? 설마 전리품을
나누기까지는 떠나지 않겠죠.

데이빗 왕 전령의 말이나 우리의 말이나, 다 들어버렸어. 마음을 푹 놓고 우리를 조롱하고 있군.

다른 전령 등장.

전령 2 무장하십쇼, 폐하! 기습받고 있습니다.

백작부인 프랑스의 전령을 쫓아가야죠, 폐하,
그리고 요크까지는 도저히 갈 수 없다고 말해야죠,
예쁘장한 말이 절뚝거린다고 핑계 삼아요.

데이빗 왕 그 말도 들었군, 젠장 지랄같이!
여자야, 잘 있어라. 이젠 여기 있을 수가 없다ㅡ

                                        (스코틀랜드인들 퇴장)

백작부인 겁날 것도 없겠지. 기어코 도망가고 마는군.ㅡ

아, 행복한 위안이야. 우리 집에 어서 와요!
자만하고, 거창하게 자랑하던 스코틀랜드인들,
나라의 온 군세가 몰려와도 후퇴가 없다고
우리의 성벽 앞에서 맹세하던 주제에,
군대가 온다는 말을 듣자마자,
염치없이 등을 돌려서,
휘몰아치는 북서풍 속으로 사라지다니.

몬태규 등 등장.

아, 따사로운 여름날. 나의 조카가 왔어!
몬태규 안녕하세요, 숙모님? — 우린 스코틀랜드인이 아니에요,
왜 우리 편에 문을 잠근 거죠?
백작부인 정말 잘 와 주었소, 조카,
적들을 쫓느라고 잘 와준거야.
몬태규 폐하께서 몸소 오셨어요
숙모님, 내려오셔서, 폐하께 인사드려야죠.
백작부인 어떻게 폐하를 모셔야 하지,
신하의 예와 폐하에 대한 존엄을 표시하는데?

(2층 무대에서 퇴장)

(화려한 나팔의 취주) 에드워드 왕, 워릭, 아르또와, 기타 등장.

에드워드 왕 아니, 여우 모양으로 살금살금 도망쳐버렸는가?
미처 개를 풀어놓기도 전에.

워릭 도망쳤군요, 폐하, 신나게 짖어대며,
흥분한, 굳센 사냥개들이 바짝 뒤따르고 있습니다.

백작부인 등장.

에드워드 왕 여기가 백작부인인가, 워릭?

워릭 그렇습니다, 폐하. 그녀의 미모는
마치 간악함에 쏘여진 5월의 꽃,
폭군에게 더럽혀지고, 시들고, 흐려져, 사라져버렸습니다.

에드워드 왕 이전에는 지금보다 훨씬 더 예뻤다는 건가, 워릭?

워릭 폐하, 그녀는 지금 전연 예쁘지 않습니다.
제가 아는 지난날의 딸이었다면,
그녀는 한물 간 것입니다.

에드워드 왕 (방백) 지금도 출중하게 아름다운 눈인데.
그보다 더 하였다고 하니,
얼마나 오묘한 황홀함이 그 눈에 있었단 말인가.
지금 흐려져간다는 그 눈이 팽팽한 왕의 눈을 거느려,
감탄스럽게 바라보게 하는 힘이 있단 말인가?

백작부인 (무릎 꿇으며) 존경심으로 대지보다 낮게 무릎 굽혀,
무릎이 우둔한 점은 감사드리는 마음으로 허리 굽혀,
폐하에 대한 충순함을 입증하며,

몇 백만 번이라도 신하의 감사를 드리며,

폐하가 이곳에 와 계심으로써,

우리 성문에서 전쟁과 위험이 쫓겨났습니다.

에드워드 왕 부인, 일어서요. 평화를 가져오려고 왔소이다마는,

그러다보니 싸움판에 끼어든 셈이군요.

백작부인 싸움은 없어졌습니다, 폐하. 스코틀랜드인은 가버

렸습니다.

증오와 같이 자기네 고장으로 달려갔습니다.

에드워드 왕 (방백) 여기서 굴복하여 창피하게 사랑에 빠지느니,

자, 스코틀랜드 군을 쫓아간다.—아르또와, 가자.

백작부인 잠시만요. 고결하신 폐하, 참아주십시오.

저희 집에 머무르시어, 강력하신 왕의 힘의

영예를 베풀어주십시오. 전장에 있는 남편도

이 소식을 들으면 크게 기뻐할 것입니다.

그러니까 폐하, 부디 우리 집에서 묵으소서.

성은 눈 앞. 보잘것없는 집에 들어오소서.

에드워드 왕 미안하오, 부인, 더 이상은 가까이 못 가오.

지난밤에 모반의 꿈을 꾸었는데, 마음이 꺼려지오.

백작부인 추악한 모반이란 이곳에 없습니다.

에드워드 왕 (방백) 있단 말이다, 왕을 모함하는 그 눈에,

그것이 내 마음에 독을 감염시킨단 말이다.

지혜는 거부당하고, 치료의 손길도 없는 듯.

인간의 눈에서 빛을 앗아가는 빛은

햇빛에게만 있는 것이 아니다.
나의 눈이 보려는 것은 이곳의 두 별이다.
태양보다 더 빛나며, 나로부터 빛을 훔쳐간다.
마음에 잠겨있는 욕망이여, 그 욕망은
생각 속에 잠겨놓고, 너를 억제하리다. –
워릭, 아르또와, 말을 타라, 떠나는 거다.
백작부인 폐하를 머무르시게 하려면, 뭐라고 말씀 올려야 할
까요?
에드워드 왕 (방백) 눈이 그토록 말하는데 혀가 무슨 말을 하겠
소?
매력 있는 웅변보다는, 그 눈이 마음을 움직이게 하오.
백작부인 4월의 햇빛과 같이 우리 세상에
즐거움을 주시더니 바로 사라져버리시렵니까.
폐하가 안으로 들어와주셔야
밖에 있는 성벽도 더욱 기쁠 것입니다.
우리 집은 시골풍입니다.
차림도 두서없고, 버릇도 우둔하고 조잡하며,
대접도 변변치 않으나, 마음은 아름다우며,
풍요함과 아담한 자랑거리가 숨겨져 있습니다.
금괴가 묻혀져 있는 곳에는 풀과 꽃이 자라지 않으며,
표면에는 자연이 화려하게 꾸미지 않는 탓에
메마르고, 시들고, 빈약하고, 과실도 없으며, 말랐습니다.
그러나 자랑스럽게 향기를 뿜어내는

갖가지 색의 꽃이 장식된 지면을 살핀다면
그러한 빛나는 풀과 꽃이
그 자랑스러움이 오물과 부패를 뿜어냅니다.
길게 말씀드린 바를 마무리하면
이 초라한 성벽 안에 있는 것과는
전혀 다른 것이며, 장식되지 않은 망토처럼
비바람을 막아주는 것입니다.
제 말씀이 다 하지 못한 점보다 더 은혜로우시어
잠시 이곳에 머물러주시기 바랍니다.
에드워드 왕 (방백) 아름답고 현명해. 지혜가 아름다움의
호위로서 문을 지킬 때
사랑에 미친 우둔한 자야, 듣나마나다.—
백작부인, 용무가 급하기는 하나,
부인의 시중을 받고자, 버려두겠소—
자, 제경들, 오늘밤은 여기에 묵겠소.

(퇴장)

제 2 막

한 방울의 독이 바다를 해칠 수 있겠는가?
그 거대한 공간이 악한 것을 삼켜버리면
그 악한 일도 없어지게 되는 것이 아니겠느냐?

•

제1장 워릭의 대사 중에서

제1장 록스보로, 성의 정원

로도윅 등장.

로도윅 폐하의 눈은 그녀의 눈에 빠져버렸다.
귀는 그녀의 달콤한 속삭임을 마시고,
바람에 날리며 모습을 바꿔가는 구름 모양과 같이
변해가는 열정으로 폐하의 볼이 어지럽게
늘어났다가는 사라져버려.
보라, 그녀의 볼이 붉어지면, 폐하는 파래져,
마치 그녀의 볼이, 어떤 요술의 힘과 같이,
폐하의 볼에서부터 버찌 색 피를 끌어당기는 것 같아.
또 외구심(畏懼心)으로 그녀가 파래지면,
폐하의 볼은 진홍색 장식이 돼.
그러나 그녀의 아름다운 붉은 색 같지는 않아.
벽돌과 산호가 다르듯, 죽음과 사는 것이 다르듯.
그런데, 왜 폐하는 그녀의 안색을 닮아가는 거지?
그녀가 얼굴을 붉히는 것은 우아한 겸손의 수줍음이며,
폐하의 거룩한 어전에 있기 때문이야.
폐하의 얼굴이 붉어진다면, 그것은 부도덕한 새빨간 수치야.
왕이신데도 눈길은 오락가락이라니까.

그녀가 파래지면, 그것은 나약한 여자의 두려움이며,
왕을 거룩하게 모시려고 하기 때문이야.
폐하가 파래지면, 그것은 죄짓는 두려움이야.
위대한 왕이신데도, 어긋난 사랑을 하기 때문이지.
그렇다면 스코틀랜드와의 싸움은 작별이다. 아무래도
잉글랜드는 변덕스러운 사랑을 상대로 한 싸움에서 오래 끌
게 생겼다.
폐하가 오신다, 혼자 걸으시며.

　　　　　　　　(로도윅 비켜선다)

에드워드 왕 등장.

에드워드 왕 그 여자, 처음 와서 보았을 때보다 훨씬 더 아름
다워.
그 목소리도, 말 한마디 한마디가 전보다 더 은방울 소리 같아.
재치도 물같이 흐르고―데이빗 왕이나 스코트랜드인에 대하여
색다른 이야기를 들려주었지!
"바로 이와 같이,"라고 하며 "그 사람이 말했죠"―그리고는
천하게 스코틀랜드인이 말하듯, 그런 말투로 말했다고.
그래도 스코틀랜드인이 말하는 것보다 조금은 품위 있게 말
이야.
"그리고 부인은 이렇게 말했어요"라고―그녀 스스로 응답을
했지―

누군들 그녀 같이 말할 수 있으랴?—그러나 그녀가
성벽부터 속삭이는 것은 하늘에서 울리는 천사의 음성이며,
야만스런 적에 대한 참한 도전의 말씨야.
그 여자가 평화를 말하면, 전쟁을 감옥으로 가라고
명령하는 것 같다. 전쟁 이야기를 하면.
그녀의 말솜씨가 전쟁을 아름답게 하여,
마치 시저를 로마의 무덤에서 불러내는 것 같아.
지성도, 그녀의 말이 아니면, 우둔한 거지.
아름다움도 바로 그녀의 미모가 아니면 중상이야.
여름이란 바로 그 여자의 상쾌한 용모라.
서리 끼는 겨울은 그녀의 경멸에 찬 얼굴이지.
그 여자를 포위한 스코틀랜드인을 나무랄 수도 없어,
그녀가 바로 우리나라의 전 재산이니 말이다.
그러나 그렇게도 값지고 아름다워서, 있을만한데도,
도망가버리다니 겁쟁이들이지.—
거기 있느냐, 로도윅? (로도윅 앞으로 나온다)
잉크와 종이를 다오.

로도윅 알겠습니다, 폐하.

에드워드 왕 그리고 제경들에게 체스게임을 하도록 일러라.
나는 혼자 걸으며 생각에 잠기련다.

로도윅 알겠습니다, 폐하.   (퇴장)

에드워드 왕 저 자는 시에 대한 소양이 있으며,
사람의 마음을 움직이는 열정이 있어서

저 자에게 이 정성을 알려주고,
비단의 베일을 씌운, 은근히 나타나는 시를 쓰게 하여,
최고의 아름다움을 지닌 여왕이, 이 몸이
나약하게 된 것을 알게 해야겠다.

로도윅 등장.

펜과 잉크, 종이를 준비하였는가, 로도윅?
로도윅 네, 폐하.
에드워드 왕 그럼 나무정자에 들어가, 나의 옆에 앉아라.
그곳을 우리의 회의실과 사무실로 삼겠다.
나의 생각도 파라니까, 새파란 장소가 알맞아,
어지럽혀진 마음속을 편하게 하련다.
자, 로도윅, 황금의 시신(詩神)을 모셔와서,
마법의 펜을 받아,
탄식은 참다운 탄식으로 쓰고,
슬픔을 말하면 바로 신음을 하고,
그리고 눈물을 쓰게 되면, 타르타르인의 눈에도
눈물이 고이고, 냉혹한 스키타이인도
연민하게 만드는—달콤한 슬픔으로, 앞뒤에
그런 말들로 깊이 간직하게 하여라.
그렇게 사람의 마음을 움직이는 힘을 시인의 펜은 갖고 있으니.
그리고 너도 시인이라면, 그와 같이 마음을 움직이게 하는

것이니,

너의 왕의 사랑을 풍성하게 느껴봐라.

달콤한 화음의 현(絃)을 퉁기면,

지옥의 귀도 다소곳이 들을 수 있고,

시인의 지혜의 가락은, 얼마나

유순한 인간의 마음을 속이며 황홀하게 하는가?

로도윅 폐하, 어느 분께 글을 쓸까요?

에드워드 왕 미인을 창피하게 하고, 현자를 바보로 만드는 자,

세계에서 모든 미덕을 다 갖춘

전형이자 축도(縮圖)이신 분,

『아름다운』보다 더한 분이라고 시작하는 거다.

'아름다운보다 더 아름다운' 그런 아름다운 말을 생각해내라.

칭찬을 하는 모든 어구를 동원하여

최고로 칭찬하는 높이보다 더 높게 띄워야 한다.

따리 붙이면 죄가 된다고 겁먹을 것이 아니다.

네가 10배로 더 칭찬을 하여도

네가 칭찬하려는 사람은

칭찬의 가치보다 10만 배는 더 칭찬할 분이다.

시작하여라. 나는 그사이에 정관(靜觀)하리라.

그녀의 아름다움이 얼마나

나를 열정적으로, 얼마나 마음 아프게, 또 얼마나 초췌하게

하였는가를

잊어서는 안 된다.

로도윅   여자분께 쓰는 것입니까?

에드워드 왕 아니면, 어떤 아름다움이 나를 극복할 것인가?

여성이 아니면 누구에게 내 사랑의 노래를 바칠 것인가?

말을 칭찬하라고 일렀는줄 알았느냐?

로도윅 어떤 분이시고 어떤 신분이신가요?

제가 알아둬야 할 것 같습니다, 폐하.

에드워드 왕 왕좌에 앉으실만한 신분이시다.

나의 왕좌라는 것은 그 사람이 발을 올려서 밟을 단(壇)이다.

그만하면 그녀의 위대한 처지로,

너도 그녀가 어떤 분인지 짐작이 가겠지.

자, 써라, 그 사람 생각을 해보고 있을 것인즉.

그녀의 목소리는 음악이자, 나이팅게일의 소리 같아―

여름을 바라는 모든 촌사람도

빛에 그을린 자기 애인의 말을 들으면,

음악으로 견줄 거다―

그런데 왜 나이팅게일 이야기를 하는 거지?

나이팅게일은 불의를 저지른 여자(주: 그리스 신화에서 필로멜

이 강제로 불의를 당하고 나이팅게일이 되어 노래하였다고 함)의

노래이다 뿐인데.

그러나 비교해 보면 너무나 빈정대는 거야.

죄라고 하나, 죄라고 여기고 싶지 않아.

차라리, 미덕이 죄가 되고, 죄가 미덕이라는 것이 좋지.

그 사람의 머릿결은 비단실보다 더 훨씬 부드러워.

마치 아양 떠는 거울 같아. 노오란 호박이
한층 더 아름답게 보여-"아양 떠는 거울 같이"
너무나 빠르게 다가와. 그녀의 눈에 대해 쓰게 되면,
거울이 태양을 잡는다고 말하고 싶어.
거울에 비쳐 반사되는 뜨거운 열기가
내 가슴에 반응하여 내 마음 속을 태우는구나.
아, 자연스럽게 생긴 사랑의 선율에 맞춰서
내 마음은 어떤 노래를 불러야 할까!
자, 로도윅, 잉크를 금으로 바꿨는가?
그렇지 않다면, 내 연인의 이름을 대문자로 쓰는 거다.
그리고 종이를 금박으로 입히는 거다.
읽어봐라, 로도윅, 어서 읽어.
내 귀의 뻥 뚫린 구멍에
너의 시로 아름답게 채워다오.
로도윅 그 칭찬의 말은 아직 끝나지 않았습니다.
에드워드 왕 그 칭찬의 말은 나의 사랑과 같이 무한하며
너무나 과격한 생각을 터득하고 있으니
끝마디가 있을 수 있겠느냐.
그녀의 아름다움과 건줄 것은 나의 사랑뿐이다.
그녀의 최고의 아름다움에는 나의 최고의 사랑이다.
그녀의 아름다움을 칭찬하는 것은 바닷물을 한 방울씩 세는
거다.
아니, 큼직한 대지에 모래알을 떨어뜨려

한 알 한 알을, 기억 속에 자국을 남기는 것이다.

그렇다면 한도 없는 동경을 갈망하는데,

어찌하여 끝장을 말하는 것이냐?

읽어봐라, 들어야겠다.

로도윅 "달의 여신보다 더 아름답고 정절한 분" –

에드워드 왕 그 시에는 두 가지의 뚜렷하고 거친 잘못이 있다.

그 사람을 창백한 밤의 여왕에 비교하다니.

어둠 속에 있으면, 빛을 낼 수 있겠다고?

태양이 머리를 들면 그 사람은 바로

바래지는 빛 모양, 흐려지고 사라진단 말인가?

나의 사랑하는 임은 대낮에 비추는 하늘의 눈을 업신여기며

낮을 보이면, 황금빛 태양보다 더 빛이 난다.

로도윅 또 하나의 잘못은 무엇이나이까, 폐하?

에드워드 왕 다시 한 번 그 줄을 읽어라.

로도윅   "더 아름답고 정절한 분." –

에드워드 왕 정절이란 말을 하라고 하지 않았다.

그러다가는 그녀의 마음의 보석을 빼앗는 격이다.

차라리 정절보다는 정직한 사랑을 받아야지.

정절한 달을 읊은 줄은 지워버려라, 그런 건 소용없다.

그 여자를 태양과 비유하는 거다.

태양보다 세 배의 빛이 난다고 하여라.

그녀의 탁월함이 태양에 지지 않으며,

태양과 같이, 아름다운 꽃을 넉넉히 자라게 하며,

태양과 같이, 추운 겨울도 녹이며,

태양과 같이 선선한 여름에 활기를 주며,

태양과 같이, 들여다보는 자의 눈을 부시게 하며,

그리고 이와 같이 태양에 견주어 볼 때,

그녀가 태양과 같이 자유롭고 관대하다고 하여라.

태양은 자라고 있는 미천한 잡초에게도,

향기 뿜는 장미와 같이−사랑스럽게 미소를 던지노라.

그 달빛 다음 줄은 어떻게 되어 있는 거지.

로도윅 "달의 여신보다 더 아름답고 정절한 분,

절개가 더욱 단단해 누구보다"−

에드워드 왕 절개가 어쨌다는 거냐?

로도윅　　　　"쥬디스(주: 바빌론 왕국 홀로훼르네스 장군의 목

을 잘라 고국 이스라엘을 구한 유태인 과부)보다 더한−"

에드워드 왕 오, 끔찍한 구절이다. 다음 줄에 검이라고 쓰면,

내 목을 자르라고 사정하는 거다!

잘못 됐다, 지워라, 로도윅, 다음 줄은 어떤가.

로도윅 여기까지만 써 놨습니다.

에드워드 왕 잘 됐다. 그만큼 실수도 덜한 셈이다−

그러나 아직까지 한 것은 지나쳤어, 너무 심해.

안 되지, 사납고 거센 전쟁이야기는 부대장이나 할 일이며,

옹색한 어두운 곳은 죄인이나 말하는 것이며,

죽음의 고통은 병자가 가장 잘 적어두는 것이며,

굶은 자가 잔치의 단맛을 말할 것이며,

얼어붙은 자가 불꽃의 은혜를 말하며,

슬픔이야말로 그 반대인 행복을 말할 수 있느니라.

사랑은 사랑하는 자의 혀에서 나오기 전에는 알맞게 들리지

않는다.

그 펜과 종이를 이리 다오, 내가 쓰련다.

백작부인 등장.

가만있어라, 내 혼의 관리자가 왔다―

로도윅, 너는 전투를 할 줄 모르는군.

양쪽 날개에서 이렇게, 측면 보루는 이렇게 사격, 기병대는

이쪽으로 공격하는 건데,

너는 병법에는 모자란 듯하다.

이것은 이쪽, 저것은 이곳에 배치해야지―

백작부인 당돌하게 실례하옵니다, 매우 존경하실 분들이신데.

이러한 실례를 저의 의무라고 불러주십시오.

폐하께서 어떠하신가 문안드리려고 왔습니다.

에드워드 왕 (로도윅에게) 가보아라, 다음은 내가 말한 대로 쓰

는 거다.

로도윅 실례합니다.   (퇴장)

백작부인 폐하께서 그렇게 침침하시니 걱정이 되옵니다.

그 음울한 벗이자, 언짢으신 우울증에서

떠나시게 하려면 가신으로서 어찌해야하겠습니까?

에드워드 왕 아, 부인. 나는 퉁명스럽고, 창피한 입장을
꽃다운 위안으로 가릴 줄 모르니 말을 하리다.
이곳에서, 백작부인, 나는 부당하게 대우받고 있소
백작부인 설마, 저의 집에서 폐하가 부당하게
대우받으시다니요! 인자하신 폐하,
불만이신 원인을 가르쳐 주시기 바랍니다.
에드워드 왕 말을 하면, 위안을 받을 수 있겠소?
백작부인 여자의 힘으로 할 수 있는 일이면, 폐하,
그것을 저당 삼아, 폐하의 위안이 되렵니다.
에드워드 왕 그 말이 사실이라면 나는 구제받을 수 있소
당신의 힘으로 나의 기쁨을 되찾을 수 있을 것이며,
나는 행복할 것이요, 백작부인, 아니면 죽어버리겠소
백작부인 하겠습니다, 폐하.
에드워드 왕　　　　서약하오, 하겠다고.
백작부인 하늘에 걸고 꼭 하겠습니다.
에드워드 왕 그럼 조금 옆으로 비켜서서
왕이 당신에게 반했다고 스스로 말해보는 거요.
왕을 행복하게 하는 것은 자기 힘이라고.
그리고 서약하였으며,
힘껏 왕에게 기쁨을 준다고도 하였다고.
그리고 나서, 언제쯤 나는 행복해질 것인가를 말해주오.
백작부인 다 되었습니다, 경외하옵는 폐하.
제가 바칠 수 있는 사랑의 힘은,

마음 속에서 우러나오는 순종을 폐하께 바치는 것입니다.
그것을 입증하시려면, 어떻게든 부려보십시오.

에드워드 왕 나는 당신에게 환장하였다고 말한 것이요

백작부인 저의 미모이나이까, 하실 수 있으시면 가져가십시오
별것도 아닙니다, 폐하가 보신 바의 10분의 1의 가치도 없습
니다.

저의 미덕이나이까, 하실 수 있으시면 가져가십시오.
미덕이 있으면, 드릴수록 느는 것이니까요.
제가 드릴 수 있는 것은, 그것이 무엇이든,
가져가실 수 있으시면, 물려받으십시오.

에드워드 왕 내가 갖고 싶은 것은 당신의 미모요

백작부인 아, 그것은 화장을 한 것이니까, 싹 지우고서,
제가 포기하여 진상하겠나이다.

그러나 폐하, 그것은 저의 생명과는 불가분의 관계인데요
하나를 가져가시면 이 생명도 같이 가는 것입니다,
여름의 생명의 햇빛과 같이 따르는 참한 그림자 같으니까요

에드워드 왕 그러나, 빌려준다면, 같이 즐길 수도 있는 것이
아니겠소

백작부인 제 지성의 혼을 빌려드리고도,
제 몸이 살아있다면, 그럴 수도 있습니다.

제 혼의 대궐인 이 몸을 빌려드려서,
저에게서 떼어내고, 그리고도 혼이 남아있다고 하면,
제 몸은 정자요, 궁정이요, 사원이며,

그 혼은 순수하고, 신성하고, 흠이 없는 천사입니다.
만약 혼의 집을 폐하에게 빌려드린다면,
저는 가엾은 혼을 죽이고, 가엾은 혼은 저를 죽이는 것입니다.
에드워드 왕 내가 원하는 것을 준다고 서약하지 않았소?
백작부인 그렇습니다, 폐하, 제가 드릴 수 있는 것이라면.
에드워드 왕 줄 수 있는 것 이외에는 더 바라는 것이 없소.
사정하려는 것이 아니고, 사려고 하는 것이요―
바로 당신의 사랑을, 그리고 나의 사랑을 가지고,
호화스런 거래를 하여, 나의 사랑을 당신에게 주는 것이요
백작부인 거룩하신 입술로 말씀하셨으나, 폐하,
사랑이라는 신성한 이름을 더럽힌 것입니다.
저에게 주신다는 사랑은 주실 수 없는 것입니다.
황제께서는 그 증정물을 왕비에게 바쳐야하는 것이며,
저에게 바라시는 사랑도 제가 드릴 수 없는 것이고,
정부(貞婦)는 그 의무를 남편에게 하여야 하는 것입니다.
주화에 조각된 폐하의 초상을 깎거나 위조하면
사형입니다, 폐하, 거룩하신 폐하 자신이
하늘의 왕에게 모반을 범하시렵니까?
금지된 금속에 그 분의 초상을 새기시고,
폐하의 의무와 서약을 잊으시렵니까?
결혼의 신성한 법을 위반하시면
폐하 자신보다 더 위대한 명예를 부수는 것입니다.
왕이 되시는 것은 결혼하기보다,

다음의 명예입니다. 폐하의 선조이신,
이 세상을 혼자서 통치하시는 아담은
신에 의해서 남편이 되는 영예를 차지하였습니다.
신에 의해서 왕으로 되신 것이 아닙니다.
폐하께서 손수 정하신 바가 아니라고 하여도,
왕의 법을 거스른 것은 죄이나이다.
신(神)의 입이 정하고 신의 손이 봉인한
신성한 법령을 어긴다면 얼마나 겁나겠습니까?
저는 알고 있습니다, 폐하께서 지금 전장에서
폐하를 위하여 싸우고 있는 저의 남편을 총애해주시는 것을.
그 설즈베리의 아내를 시험해보시는 거죠.
바람둥이의 말에 귀를 기울이는가, 아닌가를.
그러니까 여기에 머물러서 죄를 얻게되느니보다.
폐하여서가 아니고, 그 죄에서 몸을 사려 떠나겠습니다. (퇴장)
에드워드 왕 그녀의 미모는 그녀의 말이 신성한 탓인가,
아니면, 그녀의 말이 미모에 대한 상냥한 목사의 설교인가?
마치 바람이 돛을 아름답게 하고,
돛은 보이지 않는 바람이 되듯이
그녀의 말이 미모를 드러내고, 미모는 말을 드러낸다.
아, 내가 꿀을 모으는 벌이 되어,
이 꽃에서 미덕의 꿀을 나르고 싶다.
독을 빠는 시기하는 거미가 되어,
빤 꿀을 치명적인 독액으로 만드는 것이 아닌가!

종교는 엄숙하며, 아름다움은 유순한데―
미모의 수호자로서는 너무나 엄격해.
아, 그 여자가 나에게 공기같이 돼 주었으면!
하긴, 그렇기도 해, 그 여자를 이와 같이
껴안으려고 해도 잡는 것은 나 자신 뿐이니까.
꼭 그녀를 갖고 싶어, 이치로나, 비난을 받더라도
열렬한 사랑은 억누를 수가 없구나.

워릭 등장.

그녀의 아버지가 오는군. 이 자에게 힘써봐야지.
이 사랑의 전장에서 나의 편으로 만들어야겠다.
워릭 폐하께서 이렇게 침울하시다니 어떤 일이십니까?
송구스러우나 폐하의 슬퍼하시는 이유를 알고 싶나이다.
늙은 몸이 하는 일이나마, 물러나게 할 수도 있을 것이며,
오랫동안 성가시지 않을 것입니다.
에드워드 왕 친절한 제의를 스스로 해주는군.
나도 미리 부탁하려고 하였다마는.
그러나 아, 세상이여, 아첨의 커다란 온상이라,
어찌하여 너는 황금의 말들로 사람의 혀를 장식하며,
그 행위를 무거운 납으로 억누르고,
순조로운 실행을 약속대로 따라서 하지 않느냐?
아, 사람은 마음 속에 남이 모르는 느낌을 지키고 있으며,

마음에도 새기지 않는 거짓을 마구 쏟아내는
방자한 숨통을 막을 수 없다니!
워릭 나이 먹은 저의 명예에 걸고, 빛나는 금을
납이라고 돌려대지 않겠습니다.
노인은 비꼴지언정, 아부는 하지 않습니다.
다시 한 번 말씀드립니다. 제가 폐하의 슬픔을 알게 되어서,
도움이 될 수 있다면
아픈 것을 제가 맡아서, 폐하의 위안이 되고자 합니다.
에드워드 왕 거짓꾼은 시시한 말을 하고서는
그 말대로의 도리를 다하지 않소.
그대는 지금 맹세를 한다고 한 말을,
내 슬픔의 내용을 알게 되면,
경솔하게 토해낸 그 말을
다시 삼켜서 나를 저버리게 되겠지.
워릭 하늘에 걸고, 그럴 수는 없습니다. 설령 폐하께서
제게 그 검 위에 올라타서 죽으라고 하셔도 말입니다.
에드워드 왕 이 슬픔은 경의 명예를 손상시키고,
또한 잊어버려야만 고칠 수 있는 것이오.
워릭 그러한 손실이 폐하께 이익이 된다면,
그 손실은 저에게도 이익이 된다는 셈이 됩니다.
에드워드 왕 서약한 것을 다시 취소할 수 있다고 생각하오?
워릭 아닙니다, 할 수 있다고 하여도 하지 않겠습니다.
에드워드 왕 그러나 만약 취소를 한다면, 나는 경에게 뭐라고

말해야겠소?

워릭 신성한 서약을 파기하는 위서(僞誓)한 악당에게,
할 무슨 말씀을 하셔도 좋습니다.

에드워드 왕 서약을 파기한 자에게 뭐라고 말해야겠소?

워릭 신과 인간의 신의를 파기한 자는
신과 인간으로부터 파문당해야 한다고.

에드워드 왕 정당하고 종교적인 서약을
파기한 자는 뭐라고 해야 하겠소?

워릭 악마의 소행이자, 인간이 아닙니다.

에드워드 왕 악마의 소행을 나에게 할 것인가,
아니면 서약을 파기하거나, 또는 나와 경과의 사이에
맺어진 사랑과 의무의 모든 연분을 취소하는 것이오.
그러니, 워릭 경, 경이 정말 경답고,
말로 한 서약을 지켜나갈 자라면
딸에게 가서, 나를 대신하여
딸에게 명령하고, 설득하여, 어떻게 하든
나의 애인이 되어, 남모르는 정부가 되게 해주오.
응답은 필요 없소
경의 서약으로 딸의 것을 파기시키오 아니면, 나는 죽을 것
이요

워릭 아, 정신 나간 왕이로군, 아, 밉살스런 일이지!
신의 이름으로 서약한 것을 파기하는 일을
신의 이름으로 맹세하게 하다니,

나 스스로 나에게 악하게 하려는 것이 낫겠다.
나의 오른 손에 걸고 맹세하는데,
이 오른 손을 절단해 버린다면 어떻다는 거지? 우상을
부수기보다는, 우상을 더럽히는 것이 나을 거다.
그러나 둘 다 하지 않겠다, 내 서약을 지키며
딸에게 아직까지 알려 준 모든 미덕을 취소토록 하는 것이다.
남편 설즈베리를 잊으라고 해야겠다.
왕을 받아드릴 생각이 있다면
서약은 쉽게 파기될 수 있을 거라고 해줘야지.
그러나 파기된다고 하면, 쉽게 용서되지는 않아.
사랑하는 것은 참다운 자비라고 해야지.
그러나 참다운 사랑은 그렇게 관대하지 않아.
폐하의 위대함은 치욕을 견뎌낼 수 있다고 해야지.
그러나 그의 왕국을 가지고도 죄를 없애지는 못해.
설득하는 것이 나의 의무라고 해야겠다.
그러나 동의하다니, 딸의 정절이 할 수는 없어.

백작부인 등장.

딸이 오는군, 자식에게 이다지도 못된
짓을 하는 아버지는 없겠지.
백작부인 아버님, 찾고 있었습니다.
어머님과 경들 여러분도

폐하를 모시고 계시며, 부탁하신 거예요

폐하를 명랑하시게 힘을 다해주세요.

워릭 (방백) 이 품위 없는 한심한 일을 어떻게 시작하지?

딸을 내 자식이라고 부를 수가 없다. 어떤 아버지가

이런 용건으로 자식을 꼬실 수가 있나?

그럼, "설즈베리 부인"이라고−운을 뗀다?

아니지, 그잔 내 친구야−어떤 친구인들

그렇게 우정을 상처나게 할 수 있겠는가?

(백작부인에게) 내 딸도 아니며, 친구의 부인도 아니고,

나는 네가 생각하는 워릭도 아니며,

지옥의 궁정에서 온 대리인이다.

이러한 모습에 혼을 담아두고,

너에게 왕으로부터의 심부름을 하는 거다.

위대하신 잉글랜드의 왕이 너에게 반해있다.

너의 생명을 빼앗을 권력이 있는 분은

너의 명예를 빼앗을 권력이 있다. 그러니

생명보다는 명예를 맡기는데 동의하여라.

명예는 가끔 잃을 수 있으나, 다시 찾을 수 있다.

그러나 생명은, 한번 사라지면, 회복이 되지 않아.

태양은 건초를 마르게 하나, 풀에는 영양도 준다.

왕은 너에게 모욕도 주나, 너를 승진시킬 수도 있다.

시인이 써놓기를, 위대한 아킬레스의 창은

상처낸 것을 고치기도 한다고 하였다. 그 교훈은

위대한 자는 잘못을 하여도, 고쳐낼 수도 있다는 거다.
사자는 피비린내나는 턱이 알맞게 보이나,
약한 자가 발밑에서 겁먹고 떨고 있는 것을 보면,
유순하게 그 먹이를 풀어주기도 한다.
왕은 그 영광 속에 너의 치욕을 감추고 있으며,
너를 찾으려고 왕을 바라보는 자는,
태양을 보다가 눈이 멀게 되는 것이다.
한 방울의 독이 바다를 해칠 수 있겠는가?
그 거대한 공간이 악한 것을 삼켜버리면
그 악한 일도 없어지게 되는 것이 아니겠느냐?
왕의 위대한 명성은 이 악행을 누구려뜨려,
매서운 비판이 있다고 하여도,
사탕을 주어 달콤한 최고의 맛으로 만든다.
그리고 창피하지마는, 하지 않을 수 없는 일은,
한다고 하여도 해로울 것도 없다.
이와 같이, 나는 폐하를 위하여
죄를 고결한 말을 입혀서
폐하의 요청에 대한 너의 회답을 기다리겠다.

백작부인 해괴하게 괴롭히는 말씀! 서글프게 불행한 나.
위험한 적에게서 피하였는데
열 배나 악한 나의 편에 포위되다니!
폐하는 나의 정절한 피를 더럽히는데,
나의 핏줄인 어버이를 타락시켜,

그런 수치스럽고 비열한 권유를 하게 한단 말인가?
독이 뿌리까지 번졌다면
가지가 감염되도 놀랄 일이 아냐.
엄격한 어미가 젖꼭지에 독을 바른다면,
애기가 병들어 죽어도 놀랄 일이 아냐.
그렇다면 죄에게는 법을 어기는 패스포트를 주고,
젊은이에게는 위험스럽고 방자한 고삐를 주며,
엄한 법의 금지사항을 지워버리고,
치욕에는 치욕으로, 죄에는 벌을
명하는 모든 법규를 취소해야 할 것이다.
아닙니다, 죽도록 놔두세요, 폐하의 너무나 지나치게 사나운 뜻이
계속된다면, 그 저속한 욕정에
이 몸을 맡기도록 하느니, 죽어버릴 겁니다.
워릭 내가 바라던 대로 말을 하였다,
내가 말한 것을 다 취소하기로 한다.
명예로운 무덤이 왕의 오염된
방보다 훨씬 존경스럽다.
위대한 사람은, 착한 일이든 악한 일이든,
하려는 일도 큼직하다.
하찮은 티끌도 태양에게 비추어 날면
그것보다 더 큰 모습으로 보이게 된다.
아무리 신선한 여름의 태양이라도 지겨운 짐승고기에

입을 맞추면 바로 살을 썩어버리게 한다.
멋진 도끼로 맞아도 상처는 깊이 난다.
신성한 곳에서 범하여지면
그 죄는 10배나 더욱 악한 것이 된다.
권위로 악한 일을 하면
다른 자도 잘못을 저지르게 한다. 원숭이에게
금빛 찬란하게 옷을 입혀도, 그 옷이
화사한 만큼 더욱 더 웃음거리가 된다.
폐하의 영광에, 내 딸아, 너의 치욕에 대하여
할 말은 얼마든지 있다.
금배에 담은 독은 가장 위험한 것이다.
어두운 밤은 번개의 빛으로 더욱 검게 보이며,
썩은 백합은 잡초보다 더 고약한 냄새가 난다.
그리고 영광 있는 자가 죄를 범하려한다면,
영광 없는 자보다, 세 배는 치욕이 된다.
이렇게 너의 가슴에 축복을 주며, 나는 가련다.
네가 명예로운 황금의 이름에서부터
신성한 침상에 치욕의 흠을 남기는 검은 당파로 전향하게 되면,
나의 축복은 가장 무거운 저주로 변할 것이다.
백작부인 모시고 가겠습니다. 이 마음이 그렇게 바뀌게 되면,
이 몸은 그 혼을 한없는 비탄에 잠기게 하겠지요

(두 사람 퇴장)

제2장 록스보로, 성안의 방

*한쪽 문에서 프랑스에서 온 더비, 다른 쪽 문에서 북을 가진 오들리
등장.*

더비 고매하신 오들리 경, 잘 만났소이다.

폐하와 경들은 어떠하십니까?

오들리 폐하와 헤어진 지 벌써 두 주가 됐어요

그 당시 병사를 소집하라고 파견되었습니다만,

저는 그 일을 마치고 폐하께 만반으로 정렬된 모습을

보이려고, 군을 이끌고 왔습니다.

더비 경, 황제로부터의 소식이 있습니까?

더비 바라시는 대로 좋습니다. 황제께서는

폐하께 우군으로서의 도움을 주셨고,

폐하를 그 본토와 광대한 지배령의

중장으로 정하셨나이다.

그러니까 프랑스의 드넓은 영토에 진군할 준비가 끝난 것이죠!

오들리 참, 그 소식에 폐하께서도 기쁨이 대단하셨겠죠?

더비 아직은 그 일을 말씀 올릴 기회가 없었어요.

왕은 방안에 계시지만, 울적하신 것 같으며,

저녁 후까지는 누구도 나들지 말라고

하명하신 걸로 알고 있어요

설즈베리 백작부인과, 부친이신 워릭 경,

아르또와와 다른 분들도 모두 이마를 찌푸리고 있어요.

오들리 그렇다면 틀림없이 문젯거리가 있겠군요.

(안에서 나팔소리)

더비 나팔소리군요, 왕이 나오십니다.

에드워드 왕 등장.

오들리 폐하가 나오셨소

더비 폐하께서는 만사 형통하소서.

에드워드 왕 아, 공이 그렇게 할 수 있는 마법사였다면!

더비 황제의 인사 말씀이었습니다—(서신을 드림)

에드워드 왕 (방백)   백작부인에게서라면 좋았을 것을.

더비 폐하께서 요청하신대로 되었습니다—

에드워드 왕 (방백) 거짓말쟁이, 그게 아니다, 그랬으면 하는

거지.

오들리 국왕폐하께 충성을 다하겠나이다.

에드워드 왕 (방백) 그래, 한 사람만 빠지고, 모두 그렇겠지.—

경의 소식은 무엇인가?

오들리 폐하, 하명하신대로, 보병과 기마를

징집하여, 이곳으로 인솔하였습니다.

에드워드 왕 그럼, 우리의 파견명령에 따라서

보병을 기마에 태워서, 출발하여라.

더비, 나는 백작부인의 마음을 바로 알고 싶다.

더비 백작부인의 마음이라뇨, 폐하?

에드워드 왕 황제 이야기다. ─혼자 있게 해다오.

오들리 무슨 생각이신가?

더비   마음이 언짢으시니, 혼자 계시게 해야지.

                         (더비와 오들리 퇴장)

에드워드 왕 이와 같이 마음에서 넘치는 것은 혀가 말해버리 다니.

황제를 백작부인이라고 하였는데, 참 그게 아냐?

하긴 그녀가 나에게 황제나 다름없지.

그래 나는 그 여자에게 무릎 꿇는 가신이라.

그녀 눈빛으로 기분이 좋고 아니고를 살피는 거야.

로도윅 등장.

로도윅, 클레오파트라보다 아름다운 여자가

시저에게 하는 답은 무엇인가?

로도윅   아직은 아닙니다, 폐하, 밤이 되기 전에

폐하께 말씀드린다고 합니다.

                         (안에서 진군 북소리)

에드워드 왕 내 마음의 상냥한 큐피드를 뛰어오르게 하는

천둥 같은 이 진군의 북소리가 무엇이더냐?

처량한 양피(羊皮)여! 두드리는 자에게 어떻게 악다구니 치겠는고!

겠는고!

자, 크게 울리는 양피바닥을 찢어버려라.

그리고 거기에 달콤한 구절을 적어서,

하늘 요정의 가슴에 보낼 것이다.

그것을 편지의 종이로 쓰게 됨으로써,

시끄러운 북소리도 변하여,

여신과 위대한 왕 사이에

심부름꾼이 되어, 귀여운 마음의 전달자가 될 것이다.

자 고수에게 루트를 치게 하여라.

아니면 북의 가죽 끈으로 목을 매게 해야겠다.

그렇게 거슬리는 소리로 하늘을 괴롭히는 것은,

이제는 버릇없는 짓이라고 생각되니 말이다.

물러나라.

(로도윅 퇴장)

내가 하는 싸움에 무기는 소용없다,

그러나 이들 팔이 적을 맞이하여

깊게 파고들어가는 신음의 진군을 하는 거다.

이 눈은 화살이 되고, 이 탄식 소리는

나를 바람 부는 쪽에 놓아,

나의 아름답고 달콤한 대포를 나를 것이다.

아, 그러나, 그녀는 나보다도 태양을 잡았어.

하긴 그녀가 태양이 아닌가. 그러니까,

시인의 말에, 바람둥이 큐피드는 눈이 보이지 않아.
그러나 사랑도 눈으로 보고 이끈다고 하며,
사랑의 빛으로 눈부시게 되기까지는. —
무슨 일이냐?

로도윅 등장.

로도윅 폐하, 활발한 진군의 북소리를 낸 북은,
용감한 아드님이신, 에드워드 왕자의 것이나이다.

에드워드 왕자 등장.

에드워드 왕 (방백) 그 아이다. (로도윅 퇴장) (방백) 오, 그 아이의
어머니의 얼굴이야,
그 애 얼굴에 같은 모양으로 나타나서 나의 빗나간 욕망을
고치려는구나.
내 마음을 나무라며, 남을 꺼리는 이 눈을 꾸짖는다.
왕비를 보며 크게 만족하였던 눈이
엉뚱한 곳을 찾고 있다니, 가장 천한 도둑질이라,
가난하다고 덮어씌울 수도 없잖은가. —
그래, 너냐, 무슨 소식이라도?
왕자 사랑하는 폐하이신 아버님, 프랑스와의
전쟁에 대비하여, 잉글랜드의

최고의 젊은 봉오리들을 모아서, 이와 같이

폐하의 지시를 받으려고 왔나이다.

에드워드 왕 (방백) 아직도 이 아이 얼굴에서,

어머니의 용모가 보인다. 저 눈은 왕비의 것이야.

나를 지긋이 바라보니, 얼굴이 붉어진다.

나 자신 잘못을 저지르고 있다는 증거가 아닌가.

욕정은 불꽃이야, 사나이는 초롱같아서,

속에서 불타는 욕정을 스스로를 통해서 드러낸단 말이야.

꺼져라, 느슨한 비단결의 들뜬 허영심아!

아름다운 브르타뉴(프랑스의 북서반도)의 큰 땅이

나 때문에 뒤엎어지는데, 나는

이 작은 자신이라는 저택도 다스리지 못하는가?

불후의 단단한 강철갑옷을 다오.

나는 왕족을 정벌하러 간다. 그러면 나 자신이

억제되지 않겠는가, 아니, 우리의 적 편이 되는 건가?

그럴 수는 없다.-자, 얘야, 전진이다, 진군이다!

우리의 군기를 나부끼며, 프랑스의 공기를 향기롭게 하자.

로도윅 등장.

로도윅 폐하, 백작부인께서 즐겁게 웃으시며

폐하와의 면접을 요청하나이다.

에드워드 왕 (방백) 그래, 이것이다. 그녀의 웃음이

사로잡은 프랑스군의 배상금이 되며, 프랑스 왕과,
왕자와 귀족들을 해방시켜준다.─
자, 네드, 나가있어라, 친구들과 흥청거려봐라.

(왕자 퇴장)

(방백)─네 어머니는 검은 색인데, 어미 닮은 너도,
그녀의 못난 꼴이 생각나게 한다.─
가서 백작부인을 모셔 와라.   (로도윅 퇴장)
그녀가 이들 겨울의 구름을 쫓아버리게 하는 거다.
그녀는 하늘과 땅도 아름답게 가꿀 것이다.
가련한 병졸들을 베고 자르는 것은 큰 죄악이니,
차라리 가죽옷을 입었던 아담 이래, 오늘까지
기록에 남을 희귀한 미녀인 그 여자를
부당하게나마 잠자리를 같이하는 것이 나을 거다.

로도윅의 안내로 백작부인이 등장.

로도윅, 가봐라, 내 지갑에 손을 넣고나서
놀던, 써버리든, 마시든, 뿌리든 마음대로 해봐라.
잠시 이곳을 떠나서 나를 내버려두어라. (로도윅 퇴장)
내 혼과의 놀이친구여, 당신은 아름다운 사랑을
바라는 나의 요청에 대하여,
좋습니다 라는 것 이상의 신성한 말을 하려고 온 거요?
백작부인 저의 부친이 축복을 하며, 명하였습니다─

에드워드 왕 나에게 따르라는 거겠지.

백작부인 예, 폐하, 당연히 들어야 한다고.

에드워드 왕 그렇지, 가장 존귀한 사랑이니, 정의에는 정의로,
사랑에는 사랑으로 대하여야 한다는 것이리라.

백작부인 악에는 악으로, 증오에는 끝없는 증오입니다.
그러나 폐하께서는 너무나 열성이시니,
제가 혐오하거나, 남편이 경애하여도,
폐하가 높은 신분이시며 그 어느 소중한 것도 위압하고,
저의 도움이 되지 않을 뿐 아니라, 폐하의 위력으로
이런 귀중한 점도 겁먹게 하고 계시오니,
저는 본의 아니게 동의하며,
하여서는 안 될 일을, 억지로라도 하기로 하였습니다.
다만 폐하와 저의 사랑 사이의 장애물을,
폐하가 없애주신다면 말입니다.

에드워드 왕 말해보오, 백작부인, 하늘을 걸고 없애버리리다.

백작부인 우리 둘의 사랑을 가로막는 자들의 생명의
숨소리를 막는 것입니다, 폐하.

에드워드 왕 누구의 생명이요, 부인?

백작부인   사랑하는 폐하,
폐하의 왕비전하와 저의 남편, 설즈베리입니다.
그들이 살아있으면, 우리의 사랑도 당연히 그들의 것,
두 사람이 죽지 않으면, 사랑을 나눌 수도 없습니다.

에드워드 왕 그 말은 법규위반이요

백작부인 폐하의 요망도 법규위반입니다. 만약 법 때문에 실행하실 수 없으시다면,

폐하가 하시려는 일도 불가능합니다.

저를 사랑한다고 하신 것도

말씀으로만 하셨다고 생각할 수밖에 없습니다.

에드워드 왕 그만 하오, 당신의 남편과 왕비는 죽음을 면치 못할 것이요.

당신은 헤로(주: 그리스 신화에서 사랑의 여신 아포로디테의 여신관으로 그를 사랑하는 레안더를 따라 물에 투신함)보다 더 아름답고

나는 수염도 나지 않은 레안더보다 더 강하오.

레안더는 사랑 때문에 편한 물줄기를 따라 수영했으나,

나는 나의 헤로가 사는 세스토스에 도착하기 위해서,

헤레스폰트의 피바다를 건너갈 것이오.

백작부인 아니, 더한 일도 하시겠죠. 우리의 사랑을

떨어지게 하는 저의 남편과 왕비님

두 분의 심장의 피로 강을 만들 것입니다.

에드워드 왕 당신의 아름다움이 두 사람을 사형을 받는 죄로 내몰고,

두 사람이 죽어야 한다고 증언하고 있소.

그 판결을 재판관인 본인이 두 사람에게 선고하는 거요.

백작부인 (방백) 아, 위증된 미모와 썩어빠진 재판관!

하늘의 위대한 신의 법정에서 최후의 심판이 열려서,

이 감싸진 악행이 판결될 경우,

우리는 둘 다 이 일로 벌벌 떨어야 할 것입니다.

에드워드 왕 무슨 소리요, 아름다운 애인? 단단히 결심하였소?

백작부인 파탄할 결심을 하였습니다, 그러니 이 말만은 꼭 지
켜주세요,

위대하신 폐하, 저는 폐하의 것이에요.

그곳에 서계세요―저는 조금 떨어져 있겠습니다―

그리고 그대 손에 저를 맡기는 것을 보소서.

        (갑자기 돌아서며 두 단검을 보여준다)

제 허리에 혼인용 단검이 두 자루 있습니다.

하나를 받으세요. 그리고 왕비를 죽이세요,

그 분이 어디 계신지 알려드리겠습니다.

또 한 자루로 저는 제 남편을 처치하겠습니다.

그 분은 제 마음속에서 편히 쉬고 있습니다.

그 두 분이 사라지고나서, 저는 당신을 사랑할 것입니다.―

움직이지 마세요 음란한 왕, 말리지 말아요

저를 구하려고 방해하셔도,

저의 결심은 훨씬 **빠릅니다.**

움직이시면, 찌를 겁니다―그러니, 가만히 계세요

제가 말하는 것을 듣고 선택하는 거예요

(무릎 꿇고) 당신의 가장 부정한 소망을 거두며,

다시는 저에게 사랑을 소망하지 않는다고 서약하시거나

아니라면, 신에 걸고 이 예민하게 간 단검으로,

당신이 더럽히려고 하였던, 처량한 저의 정절의 피로

당신 왕국의 땅을 더럽히는 것이요 서약해요, 에드워드, 서
약해요
아니면 찌를 겁니다. 당신 앞에서 죽겠습니다.

에드워드 왕 지금 나에게 이 몸을 치욕스럽게 하는
힘을 주는 거룩한 힘에 걸고 서약하오.
다시는 그러한 구애를 하는 어떠한 말도
나의 입에서 나오지 않을 거요
일어서요, 진정한 영국의 숙녀요, 우리나라는,
로마인이 능욕한 루크리스를 자랑삼아서,
가지가지 펜으로 헛된 치사를 하는 것보다,
당신을 훨씬 더 자랑할 것이요
일어서요. 나의 잘못으로써 당신의 명예를 드높이고,
장차 당신의 명성을 풍성하게 할 것이요
나는 이제 어리석은 꿈에서 깨어났소.
워릭, 내 아들, 더비, 아르또와, 그리고 오들리,
용감한 전사들, 모두 어디 있느냐?

모두 등장.

워릭, 당신을 북방의 책임자로 임명한다.
황태자와 오들리는 바로 해상으로 가서,
뉴 헤이븐으로 직행하라. 거기 몇몇은 나와 같이 있는 거다.ㅡ
나와 아르또와, 더비는 프랑데르를 경유하여

우리 편을 만나서 원조를 요청한다.
오늘밤은 나의 어리석은 말로 정결한 연인을
공략하던 일을 다 털어놓을 수가 없겠다.
무엇보다 동쪽 하늘에 해가 빛나기 전에
우리의 군가로 태양을 깨우는 거다.

(모두 퇴장)

제3막

얘야, 한 왕국의 통치권을 잡으려고 싸우는 건
얼마나 몸서리치는 공포인가, 너도 알 것이다.
대지가 아찔하게 떨 정도로 흔들리거나,
대기가 극열한 불빛을 쏟았다가, 작열하는 것도
왕들이 그들의 부풀어오른
마음의 원한을 나타내려고 할 때처럼
무서운 것도 없다.

•

제1장 죤 왕의 대사 중에서

제1장 프랑데르, 프랑스 군영

프랑스의 죤 왕, 두 아들인 노르망디 공작 샤를르와 필립, 그리고 로렌느 공작 등장.

죤 왕 자, 우리의 일천의 함대가
적의 해군을 해치울 때까지
이곳에 군영을 치고 즐거운 소식을 기다리자.
로렌느, 에드워드의 상태는 어떻소?
이 전투에 어떤 군비를 갖추었는지
들은 바 있소?

로렌느 이실직고하고, 번잡하게 말씀드릴
시간을 아끼자면,
정확한 소식통으로 보고된 바, 폐하,
단단히 강력한 군비를 갖추었다고 합니다.
잉글랜드 인들이 신나게 전투에 집결한 것은
마치 승리가 눈앞에 있는 듯 하답니다.

샤를르 잉글랜드가 품고 있었던 것은 불평불만이며,
잔혹하고 선동적이고 타락한 반항자들이고,
방탕하며 나라의 변혁, 개조를
바라보던 자들인데,

이제 와서 그렇게도 충성스럽게

될 수 있다는 말이요?

로렌느 그렇습니다마는, 스코틀랜드인 만은 다릅니다.

이미 폐하께 말씀드린 거와 같이

검을 검집에 넣거나, 휴전도 하지 않는다고 엄하게 다짐하고

있습니다.

죤 왕 아, 그렇다면 약간의 희망이 있겠군.

그러나 다른 면으로 보아, 에드워드 왕의

네덜란드에 있는 우군을 생각하면,

언제나 술이나 홀짝거리는 식도락가들인데―

어딜 가도 술을 벌컥벌컥 마시며,

강한 맥주로 거품투성이가 된 네덜란드인인데,

더욱이나 화나게 한단 말이다.

거기에다, 듣자하니 황제도 그자의 편이 되어서,

그 자를 자기의 권력 속에 넣으려고 한다고 해.

하기는 적의 숫자가 많으면 많을수록,

승리의 영광도 커지게 마련이다.

우리에게는 국내의 병력 이외에, 우군이 있다.

엄격한 폴란드인과 호전적인 덴마크인,

보헤미아 왕과 시칠리아 왕은

모두 우리와는 동맹이며,

곧 이리로 진군해올 것이다.

(안에서 북소리)

그러니, 조용히, 그들의 북소리가 들려온다.
이곳에 거의 다 온 것 같다.

보헤미아 왕과 덴마크 병사 등장. 폴란드 대장(隊長)과 기타 병사들
(일부는 러시아인)이 다른 입구에서 등장.

보헤미아 왕 프랑스의 죤 왕이여, 동맹이자 근린국이니,
우군의 곤경을 보고
우리나라의 군을 이끌고 도우러 왔소이다.
폴란드 대장 그리고 터키의 위협인 모스크바,
또한 굳건한 병사를 육성하는 당당한 폴란드에서,
폐하를 위하여, 싸울 종복들을 인솔하고 왔습니다.
폐하의 대의를 위하여 기꺼이 신명을 걸 것입니다.
죤 왕 어서 오시오, 보헤미아 왕, 그리고 여러분도!
정성어린 친절, 잊을 수가 없소
또한 최고의 보수금을
우리 국고에서 수령하기 바라오
자랑에 차있다고는 하나, 토끼의 지혜뿐인 나라인
잉글랜드 놈들로부터 약탈하여 세 배는 버시오.
지금 우리는 희망이 넘치고, 기쁨도 최고요
바다에서 우리는 트로이의 항구를 제압한
아가멤논의 군대 못잖은 힘을 자랑하오.
육지에서는, 목이 마르자 몇 줄기의 강을 마셔버린 군대,

페르시아 왕 크세르크세스(주: 기원전 5세기에 크세르크세스 왕
은 200만의 본대와 300만의 원군을 인솔하여 그리스를 침공했다고
한다.)의 군세에 맞먹을만하오.
그렇다면 맹목무모(盲目無謀)하고 오만한 에드워드는
우리의 왕관에 손을 대려다가,
파도에 삼켜버리거나,
아니면 상륙하자마자 갈기갈기 찢길 것이오.

해병 등장.

해병 폐하, 해안 근처에서 열심히 감시를
하고 있었던 바, 에드워드 왕의
웅장한 함대를 발견하였습니다.
처음에 멀리서 보았을 때는
마치 시들은 소나무 숲인줄 알았습니다마는,
가까이 다가오니, 찬란하게 빛나는 모습에
가지가지색의 비단이 물결치는 깃발들이,
꽃이 만발한 목초지와 같이
광활한 대지를 장식하는 듯 하였습니다.
진용은 위풍당당하고,
반월형의 모습이며,
기함(旗艦)의 정상에 있는 깃발이나
뒤따르는 모든 함대의 것도,

잉글랜드와 프랑스의 문장이

똑같이 4분의 1씩 짝으로 모인 문장 방식(주: 백합과 사자모양

이 둘씩 대각선으로 된 도안임)이었습니다.

신바람나는 질풍을 타고 거침없이 달리며,

전속력으로 이쪽으로 바닷물을 헤치며 오고 있습니다.

존 왕 이미 우리의 국화 백합을 잘라먹었단 말인가?

바라건대, 꿀은 이미 들통 나게 사라졌고,

그 놈은 나중에 달려오는 거미와 같이

그 잎에서 나오는 무서운 독액을 빨지어다.

그런데 우리 해군은 어디에 있느냐? 이 갈까마귀 떼에 대해

어떻게 맞이해 격퇴할 준비를 하고 있느냐?

해병 우리 군은 정찰함의 보고로 알게 되어,

바로 닻을 뽑아, 돛에 노기를 채우고

기아에 허덕이는 독수리가

허기진 배를 채우려고 하듯이

바람을 타고 전진하고 있습니다.

존 왕 좋은 소식이다. (돈을 주며) 배에 돌아가라.

만약 피비린내 나는 싸움터에서 피해 올 수 있으며,

전투에서 살아남을 수 있다면, 다시 와서,

싸우는 모습을 말해다오.

(해병 퇴장)

그 사이에 여러분은 제각기 자리에 흩어져,

적의 상륙하는 경우에 대비합시다.

우선 귀하는 보헤미아 군을 인솔하여
우측에 진지를 갖추기 바라오.
나의 장남, 노르망디 공작은
모스크바의 원군과 더불어
좌측의 고지로 올라가는 거다.
둘 사이의 이 중간지역은
내 막내와 본인이 머물겠소.
자 여러분, 출발하시오. 맡은 자리를 잘 부탁하오.
여러분은 아름답고 광대한 제국 프랑스를 지탱하는 거요.

                              (존 왕과 필립 왕자만 남고 모두 퇴장)

자, 필립, 말해보아라,
잉글랜드가 도전해 온 것에 대하여 어떻게 생각하는가.

필립 제 소견에는, 폐하, 에드워드가 뭐라고 주장을 하거나,
아무리 그럴듯한 족보를 갖고 오더라도,
왕관을 차지하신 것은 폐하이시니,
그것이 모든 법률에서도 가장 확실한 점입니다.
그러나 그렇지 않다고 하여도 그 자가 이겼다고 하기 전에
이 소중한 피를 분수에서 쏟아내듯 퍼붓거나,
아니면, 제 정신이 아닌 어정뱅이 놈들을 제 집으로 쫓아 보내야죠.

존 왕 말 잘 했다, 필립. 빵과 포도주를 갖고 오라고 하라.
둘이서 배를 채우고
적들을 매섭게 쩨려보는 거다.

식탁들이 준비되고, 존 왕과 필립 왕자가 자리에 앉는다. 멀리서 전투 소리가 들린다.

드디어 해전이 시작되었다.
싸워라, 프랑스인들이여, 싸우는 거다. 동굴 속의
새끼 곰들을 지켜줄 때의 곰과 같이,
노하신 복수의 여신이여, 행운의 키를 잡으시오.
그 노여움을 받은 지옥의 군대로
잉글랜드의 함대는 도망치다가 바다에 빠지게 하소서.
필립 아, 아버님, 이 울려 퍼지는 대포소리,
아름다운 음악 같아서, 이 맛의 소화를 돕습니다!
존 왕 애야, 한 왕국의 통치권을 잡으려고 싸우는 건
얼마나 몸서리치는 공포인가, 너도 알 것이다.
대지가 아찔하게 떨 정도로 흔들리거나,
대기가 극열한 불빛을 쏟았다가, 작열하는 것도
왕들이 그들의 부풀어오른
마음의 원한을 나타내려고 할 때처럼
무서운 것도 없다.

(퇴각나팔 소리)

퇴각나팔소리다. 한 쪽이 불리하군.
아, 그것이 프랑스 쪽이라면, 친절한 운명의 여신이여,
돌아오소서, 돌아오면서 역풍을 순풍으로 하소서.
유리한 하늘이 우리 편이 되어,

우리 군이 격파하고, 적이 도망치게 하소서.

해병 등장.

마음이 섬뜩하다. ― 새파란 죽음의 모습이다.
오늘의 명예는 어느 쪽에 있는가?
말해다오, 숨결이 있다면 말이다.
이 패전의 슬픈 이야기를.
해병 말씀 올리겠습니다.
은혜로우신 폐하, 프랑스는 당해내지 못하였고,
오만한 에드워드는 성공적으로 승리하였습니다.
아까 폐하께 보고드릴 무렵에는,
용맹한 두 나라의 함대는
노기와 희망과 불안에 휩싸여,
급하게 상대와 맞서서,
드디어 격전하였으나, 적의 기함에서
우리 기함에 대단한 포격을 가하였습니다.
양함이 한 치의 양보도 없는 파괴를 주고받으며,
나머지 함대도 마주 대해 싸우며,
마치 격노한 용이 도도하게 격투하듯 하였고,
연기를 뿜는 태내에서
험상한 죽음의 사자를 보냈습니다.
그러자, 대낮은 어두운 밤이 되기 시작하여,

암흑이 새롭게 생명을 빼앗긴 자와 같이,
생사람을 잡아넣고 말았습니다.
동료들에게 작별할 겨를도 없이,
있다고 하여도, 진저리나는 소음으로
서로가 귀머거리나 벙어리가 되는 셈입니다.
바다는 붉게 물들고, 부상자에서 분출되어
흐르는 핏덩어리로 해협도 바로 붉어지는데,
포격으로 갈라진 갑판의 틈새에
바다의 물결이 쳐들어오는 판국입니다.
이쪽에서는 몸에서 떨어진 머리가 나르고,
저쪽에서는 갈기갈기 찢긴 수족이 높이 던져지고
회오리바람이 여름의 황진을 회오리쳐
하늘 한가운데 뿌리는 것 같았습니다.
그리고는 비틀거리는 배들이 갈라지고,
무정한 홍수 속에 흔들거리며 빠지고,
결국 꼭대기의 장루(墙樓)도 보이지 않게 되었습니다.
방어하고, 공격하는 모든 수단을 다 해보며,
바로 용기와 힘을 발휘하여
결단이냐, 비겁함이냐를 보여줄
판이었습니다. 명성 때문에 싸우는 배도 있었고,
마지못해 부득이 싸우는 배도 있었습니다.
용감한 전함 농빠레이유도 분전하였으며,
그렇게 멋진 배가 아직껏 닻을 편 일이 없다고 하는

부론뉴의 블랙 스네이크배도 힘껏 싸웠습니다.
그러나 모든 일은 헛일이었습니다. 태양도 바람도 조류도
우리의 적인양 모두 배반하였습니다.
그래서 우리 군은 도리 없이 길을 내주었고,
적은 상륙하였습니다. 보고는 이상입니다.
결국 군은 때아니게 패하였고, 적이 이겼습니다.
죤 왕 그렇다면 도리가 없으니, 곧바로
나머지 군을 한데 모아서,
적이 쳐들어오기 전에 싸우라고 하는 거다.
가자—필립, 여기서 떠나는 거다.
이 병사의 말이 네 아비의 마음을 꿰뚫었다.

(퇴장)

제2장 삐까르디. 크래씨 부근의 들판

두 명의 프랑스인 등장, 두 아기를 데리고 있는 여자와 다른 프랑스
시민들이 그들과 만난다.

프랑스인 1 그런데 여러분, 어찌된 일이요, 무슨 일이 있었소?
어찌 그런 짐을 메고 있죠?
그래, 이사하는 겁니까, 세간을 다 들고,
이동하는 겁니까?

시민 1 이동이라뇨? 온통 세상이 난리인데, 겁이 나죠
항간에 소문난 것도 못 들었어요?

프랑스인 1 어떤 소문요?

시민 2 프랑스 해군이 바다에서 엉망이 되었고
잉글랜드 군이 들어온 거요

프랑스인 1 그래서?

시민 1 그래서라뇨? 증오와 파괴가 바로
눈앞에 와있는데, 도망칠 때가 아니요?

프랑스인 1 걱정 말아요, 적은 여기서부터 아주 먼 곳에 있다
니까요
본토 안에 쳐들어오기 전에
맞싸우면 놈들은 망한다구요

시민 1 아, 그래서, 메뚜기는 겨울이 오기까지
즐겁게 놀아나며, 시간을 보내고는
얼어붙은 추위가 그 한심한 머리를 잘라내버리면,
이미 만시지탄(晚時之歎)이라, 돌이킬 수 없는 거요.
비가 오기 시작하는 것을 본 다음에야,
겨우 비옷을 마련한 자는
혹시나 하고, 등한히 하다가
생각하지도 않았는데, 온통 물투성이가 된다 이 말씀이요
우리같이 이렇게 가족을 거느리고 있는 자는,
자기들을 돌보기 위해서도 미리 준비를 해둬야지,
아니면, 필요할 때에 도리가 없게 된다오
프랑스인 1 그렇다면, 당신은 운이 없다고 절망하며,
우리나라가 정복된다는 거요?
시민 2 알 수는 없죠, 그러나 최악의 상태를 염려하는 게 좋소
프랑스인 1 그래도 싸워야죠, 매정한 자식들마냥,
사랑하는 부모를 소홀히 할 수야.
시민 1 쳇, 이미 무기를 들고 싸운 자들은
얼마 안 되는 한 묶음의 적을 겁먹게 해야 할
몇 백만의 용사들이요.
그러나 옳은 자가 싸워서 이기는 거요.
에드워드는 선대 프랑스 왕의 매씨의 아들이나,
존 발로와는 삼 등급이나 건너뛰었소
여자 거기에다가, 항간에는 한때 수도사였다는 사람이

예언하였는데, 그 말씀은
여러 번이나 사실이었다는 거요.
그리고 지금도 말하기를, 서쪽나라에서 눈을 뜬 사자가
프랑스의 백합꽃을 가져갈 때가
바로 온다고 해요.
그래서 이런 생각을 하다보니까
많은 프랑스 인들이 소름끼치게 된다는 거요.

프랑스인 한명이 등장:

프랑스인 3 도망가요, 여러분 프랑스의 시민들!
행복한 생활의 뿌리이자, 아름답게 꽃핀 평화가
왕창 포기되고, 이 땅에서 사라졌소
그 대신 약탈을 일삼는 전쟁이
갈까마귀 같이 여러분의 집 지붕에 앉아 있소.
학살과 위해가 거리를 메우고 다니며,
가는데마다, 거리낌 없이 난동을 부리고 있는데,
아까 내려오게 된 아름다운 산 위에서
지금 바로 내 자신이 보고 온 거요.
멀리까지 눈길을 돌려보면,
불타는 도시가 다섯으로 알게 되었고,
밀밭이나 포도밭이 가마 같이 타고 있었소.
그리고 연기가 바람에 날려서 옆으로

번져 나올 때도, 역시 보았는데,
불길을 피해 나온 가련한 주민들이
무수하게 병사들의 창에 찔리는 것이요
이들 무서운 분노의 사자가, 세 방향에서
비극의 행진곡을 울리며 다가오는데,
우측에는 정복자인 왕이 오며,
좌측에서는 난폭한 혈기의 왕자,
그리고 가운데는 빛나는 다수의 잉글랜드인들이오.
모두가 멀리 있기는 하였으나 지나는 곳마다
하나같이 폐허를 남기려고 하였소
그러니 도망가요 시민들이여, 똑똑한 자는
좀 더 먼 곳에 거처를 찾아요
여기 머물다간, 마누라는 겁탈 당하고
재산은 당신들이 울고 있는 눈앞에서 나눠지는 거요.
숨어야죠, 지금 태풍이 온다니까요
가요, 어서 가요! 놈들의 북소리가 들리는 것 같소
아, 가련한 프랑스인, 그 몰락이 큰 걱정이라,
그 영광도 흔들리는 벽과 같이 무너질 거요

(퇴장)

제3장 삐까르디, 크래씨 부근의 들판

에드워드 왕, 더비 백작, 병사들과 고벵 드 그라스 등장.

에드워드 왕 우리가 이 솜므 강의 물이 얕은 곳을 찾아서
강어귀를 건너가도록 교묘하게 가르쳐 준
프랑스인은 어디 있느냐?
고벵 여기 있습니다, 폐하.
에드워드 왕 뭐라고 부르느냐? 이름을 말해다오.
고벵 고벵 드 그라스이나이다, 폐하.
에드워드 왕 그럼, 고벵, 그대가 해준 봉사가 있으니,
그대를 자유롭게 방면해줄 것이다.
그 공로에 대한 보상으로
금화 오백 마르크를 주겠다. ―
그런데, 내 아들을 만나긴 만나야겠는데,
정말 그 얼굴을 보고 싶군.

아르또와 등장.

아르또와 좋은 소식입니다, 폐하. 왕자께서는
오들리 경과 그 일행과 같이 가까이 와있습니다.

상륙 후에는 보기 어려웠습니다마는.

에드워드 왕자, 오들리 경, 병사들 등장.

에드워드 왕 어서 와라, 왕자. 어떻게 지냈느냐, 아들아,
프랑스 해안에 도착한 후 말이다.
에드워드 왕자 하늘이 도와서 승리하였습니다.
가장 강력하다는 도시 몇 곳을 함락하였으며,
바르프뢰르, 로, 크로또와, 까랑땅 등이고,
나머지들은 파괴하였고, 우리가 지나간 곳은
허허 벌판이었고, 밟아온 길은
지나가는 자도 없이 쓸쓸하기만 합니다.
우리에게 항복한 자는 친절하게 용서해주었으며,
우리의 화평 제의를 모욕하며 거부한 자는
매서운 복수의 벌을 내렸습니다.
에드워드 왕 아, 프랑스여, 어찌하여 동포의 친절한 포용을
이렇게도 완고하게 거부하는가?
우리는 차분하게 너의 가슴을 만지며
너의 부드러운 땅위에 발을 디디려고 하였던 거다.
그런데도, 오만한 고집불통으로
방정맞고 철없다는 망아지 새끼 모양으로,
옆으로 뛰며 우리에게 뒷발질을 하다니!
어디 말 좀 해봐라, 네드, 싸움이 한창일 때

왕위의 찬탈자인 프랑스의 왕을 본 일이 있느냐?

에드워드 왕자 보았습니다, 폐하, 두 시간도 되기 전의 일인데
10만의 전사들을 이끌고
강의 둔덕 한쪽에 있었으며,
다른 쪽에도 다수의 프랑스 병사들이 있었으나,
숫자가 적은 우리 군이 당하지나 않을까 걱정이 되었습니다만,
다행히 폐하가 오시는 걸 보더니,
적은 크래씨의 평원으로 철수하였습니다,
훌륭한 포진으로 보아서 그곳에서
바로 우리와 일전을 해보려는 것 같았습니다.

에드워드 왕 받아들이지, 바라던 바다.

*존 왕, 샤를르 왕자, 노르망디 공작, 로렌느 공작, 보헤미아 왕, 젊은
필립 왕자, 병사들 등장.*

존 왕 애드워드, 진정한 프랑스의 왕인 존은
네가 우리나라를 침략하여,
포악하게 진군을 하면서 우리의
충실한 백성들을 살해하고, 마을들을 파괴한 것을 한탄하며,
너의 얼굴에 침을 뱉고, 다음과 같이
너의 오만한 침입을 비난한다.
우선 너는 부랑아다.
도둑놈 해적이다. 가난한 비렁뱅이다.

살 곳도 없으며, 있다고 하여도,
풀이나 풍요한 곡물도 나지 않는
불모의 땅에 사는 것이니,
전적으로 좀도둑질을 하며 살고 있다.
다음에 너는 서약을 위반하여,
나와의 동맹과 엄숙한 약정도 깨고 있으니,
너를 거짓꾼인 악독 간악한 놈으로 쳐야겠다.
그리고 끝으로, 이렇게도 나보다, 열등한 놈과
겨루다니, 역겹기도 하지마는,
네가 목마른 것은 금품이라고 여겨야겠고,
네가 하는 짓은 사랑이 아니라, 겁이나 주는 꼴이니,
너의 두 가지 욕심을 채워주려고
내가 여기 온 것이다. 이곳에 상당량의
보물과 진주 그리고 금전을 갖고 왔다.
그러니 약한 자를 괴롭히는 것은 그만두고,
무장하고 왔으면, 무장한 자들과 싸워야지.
얌체도둑을 해온 것같이 이 전리품을
남자답게 받을 것인지, 그 꼴 좀 보아야겠다.
에드워드 왕 담즙이나 쓴 쑥도 즐거운 맛이라고 한다면,
너의 인사의 말은 벌꿀같이 달콤하다.
그러나 담즙이 그런 맛이 없듯이,
너의 말솜씨도 몹시 빈정댈 감이다.
그러나 그 하찮은 조롱거리를 내가 어떻게 받아들이는지 알

아둬라.

내 명칭을 흠집 내려고 말하였거나,

또는 내 가문의 덕망을 흐리려고 한다고 해도,

네가 늑대같이 짖어봐도 아플 것이 없다.

만약 교활하게 세상에 빗대서 말하며,

매춘부의 화장하는 붓질로

악랄하고 흉측한 주장을 겉치장하려고 해도,

그 가짜는 들통 나게 마련이며,

결국 너의 더러운 흠집을 드러낸다는 것을 알아둬라.

그러나 나를 화나게 하려고,

내가 겁쟁이라고 말하거나,

굉장히 태만하니, 박차를 가할 필요가 있다고 한다면,

내가 바다를 건너오는데 느슨하였는가, 아닌가 생각해봐라.

상륙하고 난 다음 어느 마을도 함락하지 않고,

해안에 서서 한 발도 나서지 않고,

거기서 느긋하게 잠이나 잤다는 것인가.

그러나 만약 내가 다르게 행동을 하였다면,

발로와, 내가 싸우는 뜻은

전리품이 아니라, 네가 쓰고 있는

왕관이라고 여겨라. 그리고 내가 차지할 것이다

아니면 둘 중 하나는 쓰러져 무덤길에 들어가는 거다.

에드워드 왕자 우리가 받은 독설을 엇갚아준다고 생각하지 말라.

경멸하는 저주의 욕설도 아니다.

기어다니는 뱀은 둑의 구멍 난 곳에 숨어서
그 혀로 찌르는 것이나, 우리는 무자비한 검이며,
그것이 우리와 우리의 입장을 변호한다.
그러나 부친의 허락 하에 알려 주마,
너의 목에서 나온 건방진 독은
중상에다가, 가장 못된 거짓이다.
그리고 우리가 하는 말은 진실로 공정한 것이며,
그러니까 오늘의 전투로 판가름 날 것이다.
어느 쪽이 이기고 번영할 것인가,
어느 쪽이 운수가 다하여 저주받아, 영원한 치욕을 받을 것
인가다.
에드워드 왕 그 일은 더 따질 것도 없다.
그 자의 양심도 우리의 권리라고 인정하고 있다.
그러니까 바로 너는 낫이 밀을
밀쳐내거나, 불 같이 타오르는
격노가 불꽃으로 타기 전에 왕관을 포기하지 않겠는가?
존 왕 에드워드, 네가 프랑스에서 갖는 권리를 알고 있다.
그렇다고 대수롭지 않게 왕위를 포기할 바에야,
이 전장이 피바다가 되고,
우리는 도살장같이 피투성이가 될 것이다.
에드워드 왕자 아, 그러니까, 폭군, 네가 어떤 놈인지, 그 꼴이
드러났다.
이 왕국에는 아비도, 왕도, 양치기도 없으며,

나라의 창자를 너의 손으로, 찢어서,

허기진 호랑이 모양으로 그 피를 빨아먹겠다는 것이군.

오들리 프랑스의 제경들이여, 여러분의 생명을

이렇게 아낌없이 저버리겠다는 자를, 어찌 따르는 거요?

샤를르 그렇다면 누구를 따르라는 건가, 이 늙은 병신아,

진정으로 왕으로 태어난 자가 아니고는?

에드워드 왕 너는 이 자의 얼굴에 시간이 나이를

깊게 새겼다고 나무라는 것이냐?

알아둬라, 참다운 경험을 쌓은 의젓한 학자임을,

단단히 자란 참나무같이, 회오리바람이

어린 나무를 순식간에 소용돌이쳐도 태연자약할 것이다.

더비 너 말고, 너의 아비 집안에서

오늘까지 왕이었던 자가 있느냐?

에드워드의 모계 측의 위대한 가계는

오백년간 왕홀을 지녀왔다.

그러니, 판단하여라. 배반자들아, 이 가계로 보아서,

누가 진정한 왕으로 태어났는가, 이 쪽인가, 저 쪽인가!

필립 아버님, 전투대형을 갖추시고, 말씀은 그만하십쇼.

이들 잉글랜드 놈들은 말로 시간을 끌려고 합니다.

밤이 오면, 싸우지도 않고 도망갈 심보입니다.

죤 왕 제경들, 그리고 나의 사랑하는 신하들이여, 지금 바로

애써서 갖춘 힘을 시험할 때요

그러니까 여러분, 이 점을 긴요히 생각하오.

싸워서 지켜줄 자는 당연한 여러분의 왕이요
싸워야 할 상대는 외국인이요
싸워서 지킬 것은 온화한 통치이며,
여러분을 포근하고 부드러운 재갈로 고삐를 잡소
상대해서 싸우는 자가 이기게 되면,
바로 폭군으로서 왕좌를 차지하게 되고,
여러분을 노예로 삼아 과중하게 억압하여,
가장 소중한 자유를 줄이고 억누를 것이요.
그래서, 여러분의 조국과 왕을 수호하기 위하여,
여러분 마음의 굳센 용기를
힘 넘치는 두 손으로 펼쳐주오.
그러면, 바로 이 부랑아들을 쫓아내게 되는 거요
이 에드워드라는 자는 대단한 먹보이자,
허약하면서도 음탕한 변덕쟁이요,
얼마 전에도 죽자 살자 사랑에 빠진 바 있지 않는가?
거기에다, 그의 경호하는 놈들은 어떻소?
놈들로부터 소고기등뼈를 빼앗고,
솜털로 된 침구를 내놓게 한다면,
바로 지나치게 타서 지쳐버린 노마와 같아서,
몸이 노곤해지고 쓸모도 없게 되오
자, 프랑스 인이여, 그런 자가 여러분의 주인이 되는 것을
모멸하며,
놈들을 잡아서 족쇄에 묶어버리는 거요

모든 프랑스 인 임금님 만세! 프랑스의 존 왕 만세!

존 왕 자, 이 크래씨 평야에 흩어져라,

그리고 에드워드, 언제든지 덤벼라.

(존 왕, 보헤미아 왕, 모든 프랑스인 퇴장)

에드워드 왕 바로 만날 거다, 프랑스의 존.─

그리고 잉글랜드의 제경, 결판을 내는 거요,

염치없는 악평에서 벗어나느냐,

결백한데도 무덤에 파묻히느냐, 이것이요

자, 네드, 이 전투야말로

네가 처음 전장에 출진하는 터라,

옛날부터의 무사의 관습에 의하여,

너에게 기사의 작위를 수여하며,

엄숙하게 무기 방패를 줄 것이다.

그러니 전례관, 이리 오너라, 나의 아들, 왕자를 위하여

무장(武裝)으로써 단정하게 치루는 거다.

네 명의 전례관이 갑옷, 투구, 창, 방패를 갖고 등장.
첫째 전례관이 왕에게 갑옷을 건네며 왕은 왕자에게 입힌다.

에드워드 플랜태지넷, 신의 이름으로

이 갑옷을 가지고 너의 가슴을 싼다.

너의 고귀하며 엄한 마음을

견고하며, 비길 데 없는 불요불굴의 정신으로 둘러싸서,

비열한 감정이 결코 들어가서는 안 되느니라.

싸우는 거다, 그리고 용감하여라. 가는 곳마다 정복하여라.-

자, 뒤이어서, 경들, 자식에게 명예를 안겨주오.

더비 (두 번째 전례관으로부터 투구를 받는다) 황태자, 에드워드 플랜태지넷,

이 투구를 그대 머리에 얹으며,

그 두뇌의 방을 지키게 되고,

그 관자놀이는 전쟁의 여신 베로나의 손으로

언제나 승리의 월계관이 장식되소서.

싸우며 용감하며, 가는 곳마다 정복하소서.

오들리 황태자, 에드워드 플랜태지넷,

이 창을 그대의 남자다운 손으로 받으오.

청동의 붓같이 사용하도록 하오.

프랑스에서의 피비린내나는 전략을 기술하며

그대의 용감한 공적을 명예로운 책 안에 기록하오.

싸우며, 용감하며, 가는 곳마다 정복하소서.

아르또와 황태자, 에드워드 플랜태지넷,

이 둥근 방패를 받아서, 그 손에 잡아요.

페르세우스 (주: 보는 자를 돌로 바꿔버린다는 목을 가진 괴물 메두사를 청동의 방패에 그 모습을 비쳐보면서 그 목을 잘랐다)의 방패와 같이

이 방패를 가진 그대 모습이 바라보는 적을 놀라게 하여,

메마른 죽음의 무감각한 상(像)으로 변하게 하오.

싸우며, 용감하며, 가는 곳마다 정복하소서.

에드워드 왕 남은 것은 기사 신분의 수여이나

네가 전장에서 공을 세울 때까지 늦춰놓는다.

에드워드 왕자 은혜로우신 아버님, 그리고 열성 있으신 제경

여러분,

여러분이 주신 명예는, 저의 젊고,

아직은 발휘하지 못한 힘에 활기를 주며,

나이든 쟈콥이 그의 아들에게

축복의 말을 해준 것처럼,

격려를 해주시는 조짐이나이다.

여러분의 신성한 선물을 더럽히거나,

신의 영광에 빗나가게 사용하며,

고아나 가난한 자를 보호하지 못하며,

잉글랜드의 평화에 기여하지 못하게 된다면,

발 관절은 저리고, 두 손은 힘을 잃게 되고,

마음은 시들고, 수액이 메마른 나무와도 같이

불명예의 한 모습이 될 것입니다.

에드워드 왕 이제는 우리의 강철 같은 군대를 다음과 같이 정
렬한다.

선두부대는, 네드, 네가 지휘한다.

활기에 넘친 정신에 위엄을 보태기 위해서,

신중한 오들리가 같이 갈 것이다.

그러니, 용기와 경험이 하나로 합쳐져,

둘의 통솔력은 누구에게도 지지 않을 것이다.
주력부대는 내가 직접 지휘하겠다.
그리고 더비가 후속부대로서 뒤따라 행군할 것이다.
이와 같이 배치되었으니, 포진하여라.
말을 타겠다, 하느님, 승리하도록 해주소서.

(퇴장)

제4장 삐까르디. 크래씨 부근의 평야

고함소리. 많은 프랑스군이 도망가며 등장. 뒤이어 에드워드 왕자가
달려간다. 다음에 존 왕과 로렌느 공작이 등장.

존 왕 아, 로렌느, 어째서 우리 군이 도망가는 거지?
우리 군의 숫자는 적보다 훨씬 많을 것인데.
로렌느 파리에서 온 쥬네즈의 수비대가,
폐하, 행진에 피로하여,
바로 전투하기를 꺼려서,
전선에 도착하자마자,
곧 후퇴하였기 때문에, 병사들도 당황하여,
싸움은 고사하고 똑같이 도망쳐버렸습니다.
그때 살겠다고 급하게 도망치다 보니,
떼를 지어 옥신각신하다가 밀려나서,
적이 한 짓도 아닌데, 적보다 천 배나 더 죽었습니다.
존 왕 아, 불운도 하지! 그래도 일부라도
머물도록 설득해보자.

(퇴장)

북소리. 에드워드 왕과 오들리 등장.

에드워드 왕 오들리 경, 아들이 추격하는 사이에
우리 군을 이 작은 언덕에 철수시켜서,
잠시 동안 한숨 쉬도록 하자.
오들리 알겠습니다, 폐하.

(후퇴의 나팔 소리)

에드워드 왕 정의롭게 판결하는 하늘이시여, 그 은밀한 섭리를
우리 인간의 우둔한 판단으로 헤아릴 수 있겠소이까,
오늘의 승리를 올바른 자에게 주시고,
사악한 자가 스스로 발부리가 걸리는 것은,
어찌 인간이 그 놀랄만한 업적을 찬양하지 않을 수 있겠소.

아르또와 등장.

아르또와 구하세요, 에드워드 왕, 아들을 구하세요!
에드워드 왕 구하라니, 아르또와? 포로가 된 건가?
아니면 말에서 험상하게 떨어졌는가?
아르또와 둘 다 아닙니다, 폐하, 뒤돌아서서 도망가는
프랑스 병사들을 추격하시다가 포위되어,
탈출이 불가능하게 되었습니다.
폐하께서 바로 출동하지 않으시면 말입니다.
에드워드 왕 쳇, 싸우도록 하는 거다. 오늘 무장을 갖추게 하
였으니,
기사의 신분으로 본분을 다해야지.

더비 등장.

더비 왕자가, 폐하, 왕자가! 아, 도와주십쇼!
단단히 포위되었으나 중과부적이나이다.
에드워드 왕 그렇다면 싸워서 멋지게 명예를 차지해야 하니,
용감하게 그곳에서 탈출하거나,
아니면 도리가 없잖은가? 나의 노후를 보살필
아들은 하나가 아니라, 또 있단 말이다.

오들리 등장.

오들리 영명하신 에드워드 왕이시여, 부디 허용해 주십쇼.
생사의 위험에 처한 폐하의 아드님을
구원하고자 저의 군사를 인솔하고자 합니다.
프랑스의 올가미는 개미언덕의 개미들처럼
왕자 주변에 모여들고, 왕자는 사자와도 같이
그들이 공격하는 그물망 안에서 얽혀져,
정신없이 그것을 찢으려고, 물어뜯고 야단입니다마는,
모든 것이 허사요, 벗어날 수가 없습니다.
에드워드 왕 오들리, 참아라. 병사 한 명이라도
자식을 구하려고 보낸다면 목을 매달 거다.
오늘이라는 이 날은 이런 한탄할 고통에서
그의 용기가 무르익을 것인가의 운명이 판가름나는 거다.

만약 탈출할 수가 있다면, 네스터(주: 호머 작 일리아드 중의 나이 들고 지식 있는 장군)의 나이가 되기까지, 그 자는
이 공훈을 언제나 완미(玩味)하게 될 것이다.

더비 아, 그러나 살고 나서야 그런 날을 맞이할 수 있습니다.

에드워드 왕 아니, 그렇다면 비명(碑銘)에 영원한 찬양을 새기는 거지.

오들리 그러나 폐하, 구원할 수도 있는 왕자의 피를
뿌리게 하는 것은 너무 지나친 고집이나이다.

에드워드 왕 더 이상 말을 말라. 경들 중 누구도 원군이
제 구실을 할지, 못할지 모르는 것이 아닌가.
아마도 이미 죽었는지도, 잡혔는지도 모르잖은가,
그리고 매가 먹이를 잡으려고 날아가는데, 훼방 놓는다면,
매는 쓸모없는 것이 되기 마련이다.
에드워드를 이 손으로 구해내면,
언제까지나, 위험에서는, 이런 식의 구원을 바랄 거다.
그러나 그 자신이 자기의 힘으로 살아난다면,
죽음이나 공포를 상쾌하게 극복한 것이 되느니라.
그 다음부터는 그러한 힘을, 아기나 노예인 것과 같이
겁먹을 것도 없을 것이다.

오들리 무자비한 아버지다! 그래서, 에드워드 왕자와는 아주
작별이군.

더비 안녕, 상냥한 왕자, 기사도의 희망이었다만.

아르또와 오, 이 목숨을 치루며 전하를 죽음에서 구하려고 하

였는데!

에드워드 왕 아니, 기다려라. 소리가 들리는 것 같다.

암담한 후퇴의 나팔소리가 크다.

그 애와 같이 갔던 자들이 전멸하지 않았으면 좋겠다만─

좋건 나쁘건, 누가 소식을 갖고 돌아오겠지.

나팔소리 속에 에드워드 왕자가 손에 부서진 창을 들고 등장. 그 앞에 는 군기에 싼 보헤미아 왕의 시체가 운반됨. 모두 뛰어나가 왕자를 포용한다.

오들리 아 즐거운 구경거리다. 승리한 에드워드가 살아있어!

더비 어서 오시오, 용감한 왕자님.

에드워드 왕   잘 왔다, 플랜태지넷.

에드워드 왕자 (무릎 꿇고 부친 손에 입을 맞춘다) 자식으로서 문안

드립니다.

그리고 제경들, 진심으로 감사하며 다시 인사드립니다.

또한 보십쇼, (보헤미아 왕의 시체에 손짓하며)겨울의 노고는 끝

나고,

사람을 허기지게 먹는 심연(深淵)이며, 강철 같은 바위투성

이인 전장의

소용돌이치는 바다에서 고통스런 항해를 마치고

바라고 바라던 항구에 적하물을 가지고 왔습니다.

여름의 희망과 여행의 달콤한 보상이며,

여기에 죽음의 문 앞에서 베어버린,
저의 검의 최초의 과실을 제물로써
겸허한 본분으로 바칩니다.
바로 보헤미아 왕입니다, 아버님, 제가 손볼 때는
수천의 적이 제 주변에서 에워싸고,
투구를 후려치듯이
대단히 무거운 검으로 쳐왔으나,
그래도 대리석의 용기가 꾸준히 받쳐줘서
그리고 가득 찬 참나무를 벌목하라고 명을 받아서,
연달아 작업하는 나무꾼의 도끼와도 같이,
이 팔이 지치기도 하였고, 여러 번 후려쳐서
주춤거리기 시작했어도, 여러분이 주신
선물과 열정에 찬 저희 맹세로 되살아났습니다−
그러자 새로운 용기가 다시 활기 있게 솟아나,
적들을 제치며, 길을 뚫고 나갔고,
수많은 적들을 바로 몰아냈습니다.
보십쇼, 그렇게 에드워드의 손은 여러분의 요구한 바에 맞게
기사로서의 도리를 다한 것 같습니다.
에드워드 왕 옳다, 충분히 기사답게 할 만한 일을 하였다, 네드
그러니까, 너를 죽이려고 싸운 자들의 피가
아직도 더운 김을 내는 너의 검을 잡고

병사가 검을 바친다. 왕은 검을 받아서 왕자의 두 어깨를 검 끝으로

친다.

일어서라, 에드워드 왕자, 무공을 세운 기사로다.
오늘 너는 내가 기뻐서 정신도 못 차리게 하였으며,
왕의 후계자로서의 타당성을 증명하였다.

에드워드 왕자 폐하, 여기 오늘의 전투에서
살해된 적의 기록이 있습니다.
고귀한 왕자 11명, 남작 80명,
기사 120명, 병사 3만 명이며,
이에 대하여 우리 측은 천 명입니다.

에드워드 왕 신이시여, 칭찬 받으소서. 자, 프랑스의 죤,
에드워드 왕이 방종하지 않다는 것을 알았을 거다.
사랑에 미친 졸장부도 아니며, 병사들도 노마(駑馬)가 아니다.
그런데 겁먹은 왕은 어느 쪽으로 피해갔지?

에드워드 왕자 뽀와따에 쪽입니다, 아버님, 그의 왕자들도 같
이요.

에드워드 왕 네드, 너와 오들리가 그들을 계속 추적해다오.
나와 더비는 깔레로 바로 간다.
거기에서 항구의 도시를 포위하는 거다.
이제는 최후의 한판이다. 그러니까
도망가는 사냥감을 조심해서 추격하여라.─
이건 무슨 그림이지?

에드워드 왕자 (그림을 가리키며) 페리칸입니다, 폐하,

구부러진 부리로 자기의 가슴에 상처 내며,
가슴에 흐르는 핏방울로
둥우리에 있는 새끼 새를 키웁니다.
제명은 시크 에 보스―'너도 그럴 지어다'입니다.

(퇴장)

제 4 막

산다는 것은 죽음을 찾는 것에 불과하기 때문이노라.
그리고 죽음은 새로운 생명의 시작일 뿐이니까.
시간을 지배하는 신이 하시는 마음에 따라갈 것이며,
살거나 죽거나 다른 것이 없느니라.

●

제4장 에드워드 왕자의 대사 중에서

제1장 브르탸뉴. 잉글랜드 진영

문포르 경이 손에 관(冠)을 들고 설즈베리 백작과 등장.

문포르 설즈베리 경, 당신 덕택으로
우리의 적인 발로와의 샤를르가 살해되었고,
제가 다시 브르탸뉴의 공작령에서
차분하게 통치하게 되었소이다.
국왕과 당신의 친절한 도움이 있었으니,
폐하에 대한 충성을 맹세하기로 다짐하겠소
그 증표이오니 이 작은 관을 받아서,
폐하께 전해주시며, 이 말씀도 꼭 여쭤주시오,
언제나 에드워드의 충실한 편이라는 서약 말이오.
설즈베리 분명히 받았소이다. 문포르 경. 그리고 머지않아,
프랑스의 전 영토의 통치권이
폐하의 정복하는 손안에 굴복될 것이오.

(문포르 퇴장)

자, 무사히 진행이 된다면
깔레에서 폐하와 즐겁게 뵈올 수 있을 것이며,
서한에서 확실하게 해준 바,
폐하가 그곳으로 주력군을 이동하신다고 하니,

그렇다면 이 수단이 해볼 만한 일이겠다.—
거기, 누가 있느냐?—빌리에를 데려오너라.

빌리에 등장.

빌리에, 너는 나의 포로이며,
보상금으로 십만 프랑을
요구할 수도 있으며,
또는 언제까지든 너를 가둬둘 수도 있다.
그러나 혹시 너에게 그런 생각이 있다면,
아주 작은 부담으로 풀려날 수도 있다.
바로 이런 것인데, 노르망디 공작 샤를르의
통행허가증을 내가 받도록 해다오.
공작이 관할하는 나라들을 경유하여
제한받지 않고 깔레까지 가도록 하는 거다.—
너는 쉽게 얻을 수 있을 것 같아.
이치로야, 공작과 너는 학교동문이었다고
말해오지 않았는가.—
그렇게 되면 너는 자유롭게 될 것이다.
어떤가? 해볼 것인가?
빌리에 해보겠습니다. 그러나 공작과 말을 해봐야 합니다.
설즈베리 그래, 말해보아라. 말을 타고 어서 떠나야지.
그래도 떠나기 전에, 성실하게 맹세해야 하느니라,

만약 내가 요구한 바를 성취하지 못하면
너는 나의 포로로 되돌아온다고,
그러면 나는 너를 믿을 수 있으리라.
빌리에 그 조건에 동의합니다, 백작님,
성실하게 말씀하신대로 하겠습니다.　　　　　　(퇴장)
설즈베리 다녀오라, 빌리에.
이렇게 한번은 프랑스인의 신의를 시험하는 거다.
　　　　　　　　　　　　　　　　　　　　(퇴장)

제2장 삐까르디. 깔레 앞 잉글랜드 진영

에드워드 왕과 더비가 병사들을 이끌고 등장.

에드워드 왕 우리의 동맹제의를 거부하고,
문을 열지 않아, 들어갈 수도 없게 되었으니,
식량이나 지원군이,
이 저주받은 도시를 원조하러 오지 못하도록,
사방으로 포위를 하는 거다.
검으로 치루지 못할 바에는 굶기는 거다.

여섯 명의 가난한 프랑스 인 등장.

더비 놈들이 뻐기고 있는 것은 약속된 지원 탓이었으나,
그것이 물러나 다른 곳으로 가버렸습니다.
이제는 그들의 고집불통을 후회할 것입니다. ㅡ
그런데, 이 허름한 누덕꾸러기들은 무엇인지요, 폐하?
에드워드 왕 무엇들인지 물어보아라, 깔레에서 온 것 같군.
더비 절망과 비통함을 불쌍한 그림과 같이 나타내는 자들아,
너희들은 무엇인가, 살아있는 건가, 아니면
무덤에서 이 땅으로 걸어 나온, 스쳐가는 망령인가?

가난한 자 1 망령은 아닙니다요, 나리, 숨을 쉬는 생명이나,

조용하게 죽음의 잠을 자는 것보다 못한 험한 인생입니다.

우리는 슬픔에 찬 가난한 주민들이며,

오랫동안 병에 시달려서 몸도 불편합니다.

그런데 지금 군역에 알맞지 않는다고 하여,

식량이나 축내는 것들이라고

도시의 대장이 우리를 내쫓은 겁니다.

에드워드 왕 자비심 있는 행실이다, 정말이지 칭찬할만하군!

그런데 어떻게 살아가려고 하지?

우리는 너희들의 적이다. 그렇다면

우리는 너희들을 칼로 찌를 수밖에 없느니라.

우리가 휴전을 제의했는데, 거부당했으니 말이다.

가난한 자 1 만약 폐하께서 다른 길을 허락하지 않으신다면,

사는 것 못지 않게 죽음을 기꺼이 맞이할 것입니다.

에드워드 왕 가난하고 딱한 자들이라, 갖은 어려움을 당하고

한없는 고통을 받았군!

가라, 더비 경, 가서 이들이 해방되도록 하라.

이들에게 식량을 마련해주고

각자에게 5크라운씩 주도록 명령하는 거다

(더비와 가난한 프랑스인들 퇴장)

사자는 고분고분한 먹이를 건드리지 않는다.

에드워드의 검이 치는 것은

고집 세게 뒤틀어진 놈들이다.

퍼시 경 등장.

퍼시 경, 잘 왔소 잉글랜드의 소식은 어떻소?

퍼시 왕비께서 폐하를 뵙고져 이곳에 오십니다.

여왕 폐하와 국왕 대리로부터의

반가운 성과의 소식을 갖고 왔습니다.

스코틀랜드 왕 데이빗이

폐하가 왕국에 부재하시는 틈에

아마도 바로 이길 거라고 생각하여 거병하였습니다만,

제경들의 실속 있는 활약과

왕비께서 산기(産氣)가 있으신

어려운 처지에도 나날이 무장하시어,

데이빗을 격파 정복하시어 포로로 하시었습니다.

에드워드 왕 고맙소, 퍼시, 그 소식을 진심으로 반기오.

그 놈을 전장에서 잡은 자는 누구지?

퍼시 시골 향사입니다, 폐하, 존 코프랜드란 이름이며,

왕비께서 요청하셔도

포로의 인도를 거부하며,

폐하에게만 인도한다고 하여

왕비께서도 심기가 불편하십니다.

에드워드 왕 그렇다면 칙사를 보내서

바로 이곳에 코프랜드를 소환하여,

그 자와 더불어 포로가 된 왕도 데려오도록 하오.

퍼시 왕비께서는, 폐하, 직접 바다를 건너오셔서,
풍향이 맞으면, 바로 깔레에 도착하시어,
폐하를 방문하신다는 생각이십니다.
에드워드 왕 환영할 것이다. 왕비를 맞이하고자,
모래가 있는 해변 가까이에 진영을 치겠다.

프랑스 인 대장 등장:

대장 깔레의 시의원들이, 폐하,
회의를 하여 이 도시와 성을 폐하의 손에
기꺼이 넘기기로 결의하였습니다.
시민의 생명과 재산의 보증을 폐하가 인정하신다는
조건을 받아주신다면 말입니다.
에드워드 왕 그렇게 한다? 그렇다면, 아무래도 자기네 멋대로 명령하고,
처리하고, 선거하고, 통치하겠다는 것이로군.
아니, 어림도 없다. 전하여라. 처음에 선언한
국왕으로서의 자비를 거절하였으니,
이제 와서 바란다고, 될 일이 아니다.
내가 받아들일 것은 싸움의 불길과 검 뿐이다.
그러나 이제부터 이틀 안에 이 도시에서
가장 부유한 상인 여섯 명이
내복뿐인 벌거숭이로 와서

목에 목매다는 밧줄을 달고,

무릎 꿇고 엎드려서

벌을 받거나, 목을 매거나, 나의 뜻대로 할 수 있다면 좋다,

그렇게 점잖은 사람들에게 말해주어라.

(대장만 남기고 모두 퇴장)

대장 부러진 홀장(笏杖)을 믿으니 이런 꼴이지.

쫀 왕의 군으로 우리 도시를 구해준다고

믿지 않았다면

그렇게 도전적으로 하지 않았을 것인데.

그러나 지금에 와서는 사후약방문이라,

모두가 당하기보다는 몇이 당해야지. (퇴장)

제3장 **뽀와띠에. 뽀와띠에 근처의 평야. 프랑스 진영. 노르망디 공작의 천막**

노르망디 공작인 샤를르 왕자와 빌리에 등장.

샤를르 희한한 일이군, 빌리에, 우리의 악랄한 적을 위하여
네가 나에게 애걸복걸하다니.
빌리에 적을 위한 것이 아닙니다, 전하,
그렇게 함으로서 나의 보상금이 면제되니,
진지하게 그들을 대변하는 겁니다.
샤를르 보상금이라니, 이 사람아? 왜 그런 소릴 하는 건가?
너는 자유롭지 않아? 적의 이득이 될 만한
기회가 있다면, 그걸 잡아서
내편으로 잘 이용을 해야지?
빌리에 아니요, 전하, 정의로운 기회가 아니면 안 됩니다.
이득은 명예와 어울려야 해요
아니면 우리의 행위는 수치스럽게 됩니다.
그러나, 그런 머리 아픈 문젯거리는 차치하고,
전하께서 써주시겠습니까, 아닙니까?
샤를르 빌리에, 안되지, 쓰지 못해.
설즈베리가 제 멋대로 통행허가증을

요청한다고 하여도, 그렇게 될 수는 없지.

빌리에 정 그러시다면, 난처한 처지가 되겠네요, 전하,

풀려나온 감옥으로 돌아가야 하니.

샤를르 돌아가다니! 그럴 수야 없겠지.

새가 새잡이 덫에서 피했는데,

다시 덫에 걸릴까 조심하지 않다니?

위험한 한계에서 겨우 벗어나왔는데,

다시 위험 속에 들어간다는 것이라,

정신 나간 짓인데, 염려가 없다는 자가 있겠는가?

빌리에 그러나 제가 서약한 것입니다, 전하.

제 양심으로는 파기할 수가 없습니다, 서약을 안했으면

한 왕국을 다 준다고 해도 이곳에서 끌려갈 수는 없죠.

샤를르 서약이라! 왜 그런데 매여 있지?

너는 자기의 왕에게도 충성을 서약하지 않았던가?

빌리에 왕이 바르게 명령하신다면 무엇이든지 할 겁니다.

그러나 제가 구두로 한 서약이라도

따르지 말라고 설득하거나 위협하는 것은, 불법이니

제가 순종할 수 없습니다.

샤를르 아니, 사람이 사람을 죽이는 것은 합법인데,

적과의 약속을 어기는 것은 위법이라는 건가?

빌리에 일단 전쟁이 선포되면, 사람을 죽이는 것은

그 다툼이 잘못되었다고 받아들여져서,

당연히 합법적이라고 허용됩니다.

그러나 서약을 하는 데는, 심사숙고하여야 합니다.

어떻게 서약할 것이며, 또 일단 서약을 하였으면,

목숨을 걸고라도, 어겨서는 안 된다는 것이죠.

그러니까 전하, 낙원으로 날아가듯,

기쁘게 감옥으로 돌아가는 것입니다.

샤를르 기다려라, 빌리에, 너의 고귀한 마음은

영원히 존경을 받을만하다.

너의 요청을 더 이상 늦추지 않겠다.

서류를 다오, 서명을 하겠다.

나는 아직까지 너를 빌리에라고 아껴왔으나

이제부터는 너를 나 자신으로 알고 포옹할 것이다.

여기에 머무르며, 언제든지 너의 주인의 애호를 받으라.

빌리에 감사합니다, 전하, 바로 출발하여,

우선 백작에게 이 통행허가증을 전하겠습니다.

그리고는 전하를 즐겁게 모시겠습니다.

샤를르 그래다오, 빌리에. 그리고 샤를르가 어떤 경우가 닥치더라도,

그의 병사가 모두 이러하기를 바란다.

존 왕 등장.

존 왕 이리 오너라, 샤를르, 무장을 하여라, 에드워드가 함정에 걸렸다.

잉글랜드의 황태자가 우리 손아귀에 빠진 거다.
지금 그 잘 포위하고 있으니ー놓칠 수가 없느니라.
샤를르 폐하도 오늘 참전하실 겁니까?
존 왕 당연하잖은가, 내 아들아? 그쪽은 겨우 팔천 명의 군세나,
우리는 적어도 육만 명이다.
샤를르 폐하, 이 엄청난 싸움에서, 우리에게
일어날 수 있는 성공여부에 대하여
기록된 예언이 있습니다.
크래씨의 전장에서 거기에 사는 나이든 은둔자가
저에게 전해준 것입니다.
(읽는다) 날개 단 새가 너의 군을 떨게 하며,
견고한 돌이 뛰어올라 전열(戰列)을 어지럽히면,
거짓으로 꾸미지 않는 자를 생각하여라.
그것은 바로 운이 나쁜 두려운 날이 될 수 있느니라.
그러나 끝 무렵에는 너의 적이 프랑스에 오듯이,
너의 발길도 잉글랜드까지 전진할 것이다.
존 왕 그것은 우리가 운수가 좋으리라는 것이다.
돌이 뛰어올라 전열을 어지럽힌다는 것은
있을 수도 없는 일이며,
또는 하늘의 새가 무장한 군사를 떨게 할 수도 없으니,
그래서, 우리는 지지 않는다는 것이니라.
그래도 그 말이 사실이라고 하여도, 결국은
우리가 에드워드를 이곳에서 내쫓게 되고,

우리가 당한 대로 그 나라를 침탈(侵奪)한다는 것이며,
이러한 복수는 바로 피장파장이니라.
그러나 이 모두는 하찮은 망상이며, 장난이자 꿈이다.
황태자를 올가미에 빠뜨렸으니,
그 다음은 그의 아버지를 잡아들이자.

(일동 퇴장)

제4장 **뽀와띠에. 뽀와띠에 근처의 전장.**
　　잉글랜드 진영.

에드워드 왕자, 오들리, 기타 등장.

에드워드 왕자 오들리, 죽음의 팔이 우리를 감싸고 있소
아무런 위안도 있을 수가 없으니, 아까우나, 죽으면서
저 세상에서 보다 나은 세월을 바라볼 수밖에.
크래씨 전장에서 우리의 용감한 초연(硝煙)이
그들 프랑스 인의 숨통을 질식시키고, 놈들을 흐트러지게 하
였는데,
지금은 수백만의 프랑스 군세가 몸을 숨기며,
말하자면 아름답게 불타야할 태양을 가리고 있소
우리에게 남은 것은 음침한 암흑뿐이고, 아무 희망도 없으며,
모든 것을 끝내버리는 눈에 보이지도 않는 밤의 공포라.
오들리 이렇게 갑자기 강력하며, 재빠른 전진을
하여오다니, 전하, 놀랠만합니다.
우리 전방의 계곡에는 왕이 있으며,
천지의 모든 요건을 자기 편으로 하여
우리의 군 전체보다는 막강한 군대로 무장하고 싸웁니다.
노르망디의 용감한 공작이라는 그의 아들이

이 오른 쪽의 산을 번쩍이는 갑옷으로 꾸며서,
높이 솟아오르는 언덕이 마치
은백색으로 빛나는 보석이나 달님과 같이 보입니다.
그 위에는 크고 작은 깃발들과
새롭게 휘날리는 기치가 하늘에 부대끼며,
바람도 몰아치니, 그 화려함에
다투어 키스하려는 듯합니다. 우리의 왼쪽에는
젊은 왕자, 필립이 있으며,
또 하나의 언덕을 군대로 뒤엎으며,
정렬한 모습은 오뚝 선 금빛 창들이
나란히 서있는 황금나무들 같으며, 기치는 나뭇잎,
옛날 문장(紋章)의 무늬는
여러 가지 과실과 같이 채색되어 있으며,
헤스페리데스(주: 그리스 신화, 지구 서쪽의 행복의 정원에서 황금
사과 밭을 지킨 네 자매)의 과수원 같습니다.
우리 뒤편에도 언덕이 높이 솟아있으며,
한쪽만 터놓은 반월과 같으며,
우리를 에워싸고 있습니다. 우리의 뒤에는
치명적인 석궁이 자리 잡고 있으며, 전투의
통솔자는 험악한 샤띠용입니다.
그러한 처지이니, 우리가 퇴각할 계곡은
왕이 지키고, 양쪽 언덕은
왕자들이 오만하게 자리 잡고,

뒤쪽 언덕은 샤띠용에게 봉사하고 있는
틀림없이 죽음의 신이 서 있습니다.
에드워드 왕자 죽음의 신이란 이름은 그 행실보다 훨씬 더 강
력하오.
경이 말하는 방식은 그 힘을 훨씬 더 강하게 해주고 있소
이 손이 쥘 수 있는 모래가 많다고 하여도,
그렇게 많은 수의 모래의 한 움큼에 불과하오.
그러니까, 온 세상이-그것을 하나의 힘이라고 부른다면-
쉽게 잡을 수도 있고, 재빠르게 던져버릴 수도 있는 거요
그러나 그 모래를 한 알 한 알 센다고 치면,
그 숫자는 기억도 못하게 혼돈하게 할 뿐이며,
간단히, 한가지 밖에 되지 않는 일이
10억 번이나 하는 일이 돼버린다오.
우리들의 전방이나 후방에, 또 양측에 포진한
그들 분대나, 기병대대나, 연대라고 하여도,
하나의 힘에 불과하나 한 사람이라고 부를 때,
그의 손, 발, 머리가 몇 가지 힘일 수도 있으나,
사실은 모두가 한가지의 한 때의 힘일 뿐이오.
그래서 이 많은 것이라도, 오늘리 경, 오직 하나요.
그리고 그것을 한 인간의 힘이라고 하여도 좋소.
멀리까지 가는 자는 몇 마일이라고 치부하나
한발 한발로 따지자면, 가슴이 메어지게 되오.
홍수를 만드는 물방울은 한이 없으나,

경도 알다시피, 우리는 비라고만 부른다오.
하나의 프랑스이자, 하나의 프랑스 왕일뿐이라.
프랑스에는 그 이상의 왕이 없으며, 그러한 왕이
하나의 왕으로서, 강력한 군대만 거느리는 거요
그리고 우리에게는 하나의 왕이 있으니, 숫자는 따질 것도
아니오.
하나와 하나의 대등할만한 일이잖소

존 왕의 전령이 등장.

무슨 소식이지? 간략하게 말하여라.
전령 우리 주군이신 프랑스 왕께서
적인 잉글랜드의 황태자께, 저를 통하여 인사를 합니다.
만일 당신이 귀족, 기사, 향사, 잉글랜드의 신사들 중에서
백 명을 선출하여, 당신과 같이
그들이 폐하의 발밑에 무릎 꿇고 조아린다면,
폐하께서는 피비린내 나는 군기를 바로 접어서, ―
제공된 그 생명들을 보상금으로 속신할 것이다.
그렇지 않으면 우리의 브르타뉴 영토에 매장된 것보다,
더 많은 잉글랜드인의 피가, 오늘 뿌려질 것이다.
이 자비로운 제의에 대하여 뭐라고 답변하시겠습니까?
에드워드 왕자 프랑스를 덮고 있는 이 하늘에는
나로부터 순종하는 기도를 끌어내는 자비심이 있다.

그러나 한 인간에게 자비를 탄원하는 그런 천한 말씨가
나의 입에서는 결코 나오지 않는다.
돌아가서, 너의 왕에게 전하여라.
나의 혀는 강철로 된 검이다. 그것이 바라는 것은
그 왕의 비겁한 투구에 나의 자비심을 베푸는 거다.
말해줘라, 나의 군기는 그의 군기와 같이 빨개지며,
나의 군병은 대담하고, 잉글랜드군은 강력하다.
그의 상통에 나의 도전으로 대꾸하여라.
전령 그럼 실례합니다.

다른 전령 등장.

에드워드 왕자 너는 무슨 이야긴가?
전령 2 저의 주군이신 노르망디 공작께서
젊은 귀하가 위험에 둘러싸여 있는 것을 동정하시어,
저로 하여금 귀하가 타본 일도 없는 발이 빠른,
영리한 스페인 산 작은 말을 보내십니다.
그것을 타고 도주하라는 말씀이십니다.
아니면 죽음의 신이 당신을 죽인다고 맹세하는 것입니다.
에드워드 왕자 그러한 짐승은 그것을 보낸 짐승 놈에게 돌려
줘라!
비겁자의 말에는 탈 수 없다고 전해라.
그 깡마른 말은 오늘 그 놈이나 타라고 여쭈어라.

나는 나의 말을 피를 범벅으로 묻히며,

박차에는 피를 두 겹 입혀서라도, 그 놈을 잡겠다.

그 시시덕거리는 녀석에게, 어서 가서 말하여라. (전령 퇴장)

또 다른 전령 등장.

전령 3 황태자 에드워드여, 가장 강력한

프랑스 왕의 차남 필립 왕자께서

그대 인생의 기간이 끝장났다고 보아서,

자비와 기독교도로서의 사랑에 충만하여,

기도문을 가득 실은 이 책을, 당신의

아름다운 손에 전하노니, 당신 인생의 시간도 잠시라,

명상에 빠져있기를 바라며,

혼도 무장하여, 이제부터의 긴 여행에 대비하시오.

이와 같이 왕자의 전갈을 여쭙고 돌아가오.

에드워드 왕자 필립의 전령아, 왕자에게 나의 인사를 드려라.

보내주는 것이야, 다 받아야겠지만,

생각해보니, 이렇게까지 나의 일을 염려하다가,

철없는 어린애가 고난을 받게 되지 않겠느냐?

아마도 이 책이 없으면 기도도 할 수 없겠으며,

즉흥으로 할 수 있는 성직자도 아니잖은가.

그래서 흔해빠진 기도서를 돌려주노니,

자기가 어려울 때에 써먹는 것이 좋을 거다.

그리고, 나의 죄의 질도 알지 못할 것이라,

따라서 나를 위해서 어떤 기도를 해야 할지도 모를 것이다.

밤이 되기 전에 그 자가 하느님께 기도할 말은,

내 마음이 그의 기도를 듣도록 해야 할 것이다.

그러니까 그 궁정의 한심한 놈에게 말해줘라, 어서 가라.

전령 3 물러갑니다.

에드워드 왕자 놈들이 힘과 숫자를 믿어 자신만만하다니!

자, 오들리 경, 당신의 은빛 날개의 멋진 소리를 들려주오.

밀크 같은 흰 머리를 시간의 전령으로 삼아,

이 위험한 때에 오랜 세월 동안 터득한 바를 보여주오.

당신은 많은 전투에서 활약하였고 다치기도 하였소.

그리고 철필로 쓴 지난날의 전략이

그 명예로운 얼굴에 태연히 나타나 있소.

당신은 이런 곤경의 반려자였소

그러나 나에게는 위험이 얼굴을 붉히는 아가씨요.

이 위험한 때에 대한 답을 가르쳐주오.

오들리 죽음이란 사는 것과 같이 당연한 일이요.

사는 것을 고르면, 죽음이 뒤따르오.

살게 되는 때부터 바로 죽는 때를

쫓아가서 잡으려는 것이죠.

우선 우리는 봉오리 맺고, 꽃이 피고, 열매를 맺죠.

그리고는 곧 떨어져서 그림자가 몸에

이어지듯이, 죽음이 따라옵니다.

죽음을 잡으려고 한다면, 왜 죽음을 두려워하겠소?

두려운데, 왜 뒤따르죠?

두려운데도 어찌 피할 수 있겠소?

그렇게 두려운데, 우리는 그 두려움으로,

그 두려운 것을 곧바로 잡으려고 애쓰는 것입니다.

두렵지 않다면 아무리 결단을 하더라도,

우리들 운명의 한계를 바꿀 수는 없는 것이오.

익은 것이든, 썩은 것이든, 어차피

운명의 제비를 뽑아, 떨어지게 마련이죠.

에드워드 왕자 아, 어르신, 그 말씀으로

나는 100만 배의 단단한 갑옷을 이 몸에 입은 것이요.

두려워하는 것을 찾다니, 너는 인생을

얼마나 얼간이로 살았단 말이냐! 그리고 사람을

살해하는 죽음의 신의 거만한 승리는 얼마나 불명예스러운가!

죽음의 신의 화살이 쏴서 죽이는 모든 생명이라는 것이

죽음의 신을 찾으며, 그 신은 생명들을 찾지도 않으니, 그 영

광도 수치라.

나는 생명을 한 푼만큼도 치지 않을 것이다.

아니, 엄격한 죽음을 피할 생각은 반에 반 푼만큼도 하지 않

는다.

산다는 것은 죽음을 찾는 것에 불과하기 때문이노라.

그리고 죽음은 새로운 생명의 시작일 뿐이니까.

시간을 지배하는 신이 하시는 마음에 따라갈 것이며,

살거나 죽거나 다른 것이 없느니라.

(퇴장)

제5장 뽀와띠에. 그 근처의 평야. 프랑스 진영

존 왕과 샤를르 왕자 등장.

존 왕 갑작스런 어둠이 하늘을 가로막고
바람은 겁이 나서 동굴 속에 기어 들어가고,
나뭇잎은 요동도 하지 않으며, 세상은 잠잠하고 고요하고,
새들은 노래를 멈추며, 흐르는 시냇물은
냇가에 인사하던 속삭임도 사라졌다.
고요함은 태풍 전야라고 하는데,
하늘이 어떤 예언을 할 것인지 기대해 볼 수밖에.
그런데 이 고요함이 어디서 누구로부터 시작되었단 말인가,
샤를르?
샤를르 병사들이 입을 열고, 눈을 떠서
서로를 쳐다보며, 서로가 말하기를
바랬으나, 아무도 말을 하지 않습니다.
혀가 공포로 꽉 묶여져서 한밤중의 시각(時刻)으로 되었고,
깨어있는 온 나라에서도 말이 잠들고 있습니다.
존 왕 지금까지도 그의 황금마차에서
세상을 바라보던 자랑스럽고 화려한 태양이
갑자기 모습을 감추고,

이 대지가 무덤과도 같이
어둡고, 고요하고, 불안하구나.
                    (갈까마귀들의 울부짖음)
들어라, 무슨 가공할 부르짖음이냐?

필립 왕자 등장.

샤를르 필립 동생이 옵니다.
죤 왕   당황해서 어쩔 줄을 모르는구나.
네 얼굴에 그려진 조짐은 무슨 무서운 말을 뜻하느냐?
필립 도망, 도망가요!
죤 왕 비겁하긴, 도망가다니? 거짓말을 하는 거다, 도망갈 필
요는 없다.
필립 도망—
죤 왕 정신 차려라, 겁먹다니, 그리고
소름끼치게 겁먹은 공포의
요지를 밝혀다오.
어떻게 됐다는 거냐?
필립   한 무리의 갈까마귀 떼가
우리 병사들의 머리 위에서 까악까악 울며 떠돌며,
우리 군의 대열과도 같이
삼각이나 사각의 형태로 날아다니며,
그러자, 갑자기 안개가 다가와서

하늘의 대기층을 덮어버리고,

대낮을 이상하게도 밤으로 바꾸었으니,

온통 모두가 떨며, 어쩔 줄을 모릅니다.

요약하면 우리 병사들은 무기를 놔버리고

조상(彫像)이 되어 버린 듯이 서 있으며,

핏기도 없이 파래져, 서로 쳐다만 보고 있습니다.

죤 왕 그런가, 이제 예언이 짐작된다.

그러나 나는 결코 겁먹지 않아. ―

돌아가서 주눅 든 자들을 기운 나게 하여라.

갈까마귀들은 무장한 자들을 보고,

얼마 안 되는 굶주린 적을 무찌를 단단한 대군으로 알며,

전투하다 남은 것을 차지해서 먹으려고,

우리 군이 죽일 자들의 고기를 먹잇감으로 삼는다고 말해줘라.

말이 넘어져 죽을 무렵에

아직 죽지 않았어도, 게걸스런 새들은

그 생명이 끝나기를 기다리며 지켜보는 것이다.

그렇다고 하여도, 그 갈까마귀들은 어차피 죽어야하는

가련한 잉글랜드인의 시체를 차지하려고

하늘을 나는 것이니라. 그리고 우리에게 부르짖는 것은,

'놈들을 위해서 우리가 죽일 고기를 바란다'는 것이다.

가서, 우리 병사들을 격려하여라.

그리고 나팔을 불고, 바로 어리석은

이 사소한 오해에 결말을 내는 거다.

(필립 퇴장)

또 다른 소리. 설즈베리가 프랑스 대장에 연행되어 등장.

대장 보십시오, 폐하, 이 기사와 그 외의 40명을,
대부분은 살해되었거나 도망쳤습니다마는,
전력을 다하며 우리의 대열을 돌파하여,
왕자 곁에 가려고 하였습니다.
폐하께서 소원하시는 대로 이 자를 처리하소서.
존 왕 가서, 눈에 보이는 가까운 큰 나뭇가지에
그 자의 몸을 당장 매달도록 하라.
프랑스의 나무는 잉글랜드 좀도둑의
교수대가 되기에는 너무나 아깝다마는.
설즈베리 노르망디 공작이여, 나는 이 나라를
무사하게 통과할 수 있는 귀하의 증서를 갖고 있습니다.
샤를르 빌리에가 당신을 위하여 마련한 거겠지?
설즈베리 그렇습니다.
샤를르 그렇다면 무방하다. 자유롭게 통과하여라.
존 왕 자유롭게 교수대에 가서 목을 매다는 거다.
안 된다고도 안할 것이며, 방해도 하지 않겠다.
데려가라.
샤를르 폐하, 부디 저의 면목을 상처내고
제가 한 문장의 효력을 부수지 마시기 바랍니다.

이 자는 왕자로서의 이 손이 서명한,
아직도 파손된 일이 없는 저의 증서를 갖고 있습니다.
왕자로서 한 견실한 서약이 무너질 바에야
왕자의 자리에서 떠나게 해주십시오.
간청하오니 이 자를 무사히 통과하게 해주소서.
존 왕 너나 너의 말도 나의 명령에 따라야 하느니라.
내가 파기하지 못할 너의 약속이 있을 수 있느냐?
둘 중에서 어느 것이 더 불명예스러운가?
아버지에게 거역하는 것과 너 자신에게 거역하는 것 말이다.
너의 말이든, 누구의 말이든, 왕의 힘을 넘나둘 수는 없다.
왕의 권력에 지성껏 따르는 자는
자기의 약속을 저버린 것이 되지 않는다.
서약위반은 마음이 동의할 때에 일어나며,
네 자신이 동의하지 않고 위반이 되었다면,
서약위반의 죄가 되지 않느니라.
자, 이 자의 목을 매달아라. 너의 자유는 나에게 달려있으며,
나의 강제집행은, 너를 위한 핑계가 되는 것이다.
샤를르 저는 말이나 하는 군인은 아닙니다만,
그래도, 무기여, 잘 있어라, 싸우고 싶은 자나 싸우는 거죠,
저는 무기용 허리띠를 허리에서 떼낼 수도 없으며,
보호자의 허가 없이는, 자기 것도 남에게 준다고
말할 수도 없다는 것입니까?
제 영혼에 걸고서, 잉글랜드의 에드워드 황태자가

프랑스의 기사들이 그 부왕의 땅을 무사히 통과하도록
서약하고 그의 고귀한 손으로 서명을 하였다면,
부왕께서는 용감한 자식의 영예를 위하여
무사히 그들이 통과할 수 있도록 할뿐 아니라,
선심을 다하여 그들과 자기편을 합쳐서 향연을 베풀 것입니다.

죤 왕 그런 관례를 따르겠다는 것이냐? 그럼, 그렇게 하여라.
이봐, 잉글랜드인, 너는 어느 정도의 인물인가?

설즈베리 여기서는 포로이오나, 잉글랜드에서는 백작입니다.
저를 아는 자는 설즈베리라고 부르고 있습니다.

죤 왕 그러면 설즈베리, 어디로 갈 것인지 말해다오.

설즈베리 우리의 군주, 에드워드 왕이 계신 깔레입니다.

죤 왕 깔레라고, 설즈베리? 그럼, 깔레로 가거라.
그리고 흑태자 에드워드를 묻을
근사한 묘지를 준비하라고 명하여라.
그리고 이곳에서 서쪽으로 간다면,
두 리그 앞에 높은 산이 있는데,
하늘의 푸른 가슴에 안겨서, 그 정상을
감춘 것 같이 높은 꼭대기가 안보이나,
그 높은 곳에 너의 발이 다다르게 되면,
밑에 벌려진 수수한 계곡을 돌아보아라―
근자에는 겸손하였으나, 지금은 무기를 들고 오만해졌다―
거기에 초라한 잉글랜드의 황태자가
강철같은 군대에 포위되어 있는 것이다.

그 상황을 보고나면, 급하게 깔레로 가서,
황태자는 전사한 것이 아니고, 적에게 포위당하여 질식사했
다고 왕에게 일러라.
그뿐만이 아니라, 에드워드가 생각하는 것보다
빠르게 프랑스 왕이 찾아볼 것이라고도 하여라.
가라, 꺼져. 우리의 대포탄에 안 맞아도
그 초연이 너희들의 숨통을 막을 것이다.

(일동 퇴장)

제6장 뽀와따에. 전장의 한 곳

전투소리. 에드워드 왕자와 아르또와 등장.

아르또와 어떻습니까? 사격당한 것이 아닙니까, 전하?

에드워드 왕자 아니오, 아르또와, 먼지와 연기로 숨이 막혀서,
신선한 공기를 마시려고 나온 거요.

아르또와 그러시다면 숨을 쉬시고 다시 싸우는 겁니다. 프랑
스 놈들은

까마귀를 보고 놀래서 혼비백산(魂飛魄散)입니다.

우리들의 화살통이 다시 화살로 차있다면

전하께서는 영광스러운 승리를 보실 겁니다만.

아, 화살이 더 있어야지, 주여! 화살이 있어야 합니다.

에드워드 왕자 용기를 내야지, 아르또와, 날개달린 화살이 별
것도 아니오,

날개 달린 새들이 우리 편이잖소!

악을 쓰는 까마귀가 적에게 난리를 피워주는데

우리가 싸우며 땀 흘리며, 설칠 필요가 있겠소?

서요, 서봐요, 아르또와, 이 땅이 불을 뿜는

부싯돌로 무장하고 있소. 우리 궁병(弓兵)들에게

멋진 색의 주목 활을 내다버리고,

돌을 던지라고 명령해주오! 가요, 아르또와, 어서 가요!
왠지 이길 것으로 느껴지는군.   (퇴장)

전투소리. 존 왕 등장.

존 왕 우리 군은 마냥 혼동된 상태구나,
당황하여 산란해졌어. 빠르게 공포가 번지니,
군 전체가 차가운 근심에 들떠서,
어떤 작은 불리한 것이라도
공포에 질린 비굴한 혼에 도망치라고 부추긴다.
나 자신은 우둔한 납덩이와는 다르게 강철의 정신을 갖고 있
으나,
그 예언 생각이 나는 것으로 보아,
프랑스의 돌이 모반을 일으켜,
잉글랜드군에게서 날아온다고 알게 되면,
나 자신도 몹시 허약해져, 공포에 굴복하게 되리라.

샤를르 왕자 등장.

샤를르 도망쳐요, 아버님, 도망쳐요! 프랑스인끼리 죽이고 있
어요
남아서 싸우려는 자들이 도망가는 자들에게 활을 쏘고,
우리의 북은 낙담만을 치고 있으며,

우리 군의 나팔소리는 불명예와 후퇴를 읊습니다.
죽음에게 겁먹은 공포심이
비겁하게도 혼란에 혼란을 더 합니다.

필립 왕자 등장.

필립 눈을 뜨시고 이 치욕을 보십시오!
팔솜씨 하나로 군대가 당하고 있습니다. 가진 것이 없는 데이빗은
돌덩이로 스무 명의 단단한 골리앗(주: 데이빗에게 살해된 블레셋족의 거인)을 물리쳤답니다.
스무 명의 벌거숭이인 굶주린 자들이 작은 부싯돌로
단단히 무장을 하고 대비한
우리의 강력한 병사들을 쫓아내버렸습니다.
존 왕 빌어먹을! 돌을 던져, 우리가 당한다.
4만이나 되는 한심한 놈들이
겨우 40명의 알거지 놈들한테 이 마당에 돌로 맞아죽다니!
샤를르 아, 차라리 다른 나라 사람이었으면!
오늘은 프랑스가 망신당한 날이다.
세상 사람들이 우리를 웃음거리로 삼아서 말하겠지.
존 왕 그래, 희망이 없단 말인가?
필립 죽어서 이 치욕을 파묻을 희망 밖에 없습니다.
존 왕 나하고 한 번 더 겨루어보자. 산 사람 가운데서

스무 명의 하나 정도야 적의 너절한 놈들을
겁내게 할 만한 사나이들이 있을 거다.

샤를르 그럼, 다시 한 번 하죠, 하늘이 버리지 않는다면,
질 수는 없을 것입니다.

존 왕　　　　　　자, 해보는 거다!　　　　　　(일동 퇴장)

부상당한 오들리가 두 수행원의 도움을 받으며 등장.

수행원들 괜찮습니까?

오들리　　　　　피의 연회에서 식사하는 자로서
이 정도야 있을 수 있지.

수행원 1 치명상이 아니었으면 좋겠습니다.

오들리 그런들 어떤가, 청산을 다 한 셈이다,
최악의 경우라도, 어차피 죽어야 할 사람이 당하는 거지.
자, 친구들, 에드워드 왕자에게 인도해다오.
내 피로 범벅이 된 붉은 색의 옷을 입은 채로,
전하에게 인사를 드리고 싶다.
웃으며 말할 것이다. 이 딱 벌어진 상처가
이 오들리의 전투의 성과를 마감하는 것이라고.

　　　　　　　　　　　　　　　　　　(후방으로 퇴장)

에드워드 왕자, 승리하여 잉글랜드 병사와 프랑스 병사 몇을 대동하고, 모두 군기를 펼치고 등장. 존 왕과 샤를르 왕자가 포로로 등장.

에드워드 왕자 자, 전에는 프랑스의 왕이었지만 지금은 프랑스인인 존,

그리고 너, 오만한 노르망디 공 샤를르,

피로 얼룩진 너의 군기는 포로의 색깔이 되었다.

지난 날 나에게 도망가라며 말을 보내줬지만,

지금은 나에게 관대한 조치를 바라게 되었구나.

그래, 너희들은 창피하지도 않느냐?

젊어서 수염조차 나지 않은 잉글랜드의 소년들이

이와 같이 너희 왕국의 한 복판에서

20대 1로 너희들을 해치운 거다.

존 왕 너의 힘이 아니라, 운명이 우릴 정복한 거다.

에드워드 왕자 문제는 하늘이 옳은 쪽을 편들어주시는 거다.

필립 왕자와 같이 아르또와 등장.

보라, 보아라, 아르또와가 연행하는 자는

지난 날 우리 혼에게 좋은 충고를 해준 바 있다.
어서 오오, 아르또와, 필립도 잘 왔다.
지금 기도가 필요한 것은 너인가, 나인가?
지금이야말로 네가 속담을 증명하였다,
너무 밝은 아침은 어두운 날이 된다고 말이다.

나팔소리.
두 종자의 부축을 받으며 오들리 등장.

아니, 이렇게도 잔인한 낙담이 올 수 있느냐?
아, 천명의 프랑스 병졸놈들이
오들리의 얼굴에 죽음의 부호를 그려 넣었어?
말해 보오, 무심한 웃음으로 죽음을 호소하며,
마치 자기의 최후에 매혹되는 듯,
무덤을 즐겁게 바라보는 듯하오,
어떤 피에 굶주린 칼이 그 얼굴에서 생명을 앗아가고,
나의 사랑하는 혼에서 참다운 친구를 쳐내는가?
오들리 아, 전하, 저에게 하시는 상냥한 탄식의 말씀은
죽을 만큼 앓는 자에게 애처로운 조종과 같습니다.
에드워드 왕자 오들리, 나의 혀가 그대의 최후를 울린다면,
이 팔이 그대의 무덤이 될 것이요 그 목숨을 살리거나,
죽음에 복수하려면 어쩌면 좋겠소?
그대가 포로로 한 왕의 피를 마셔서,

생명이 회복된다면 그 피로
치유하는 것이며, 나도 건배하겠소
이 명예가 죽음을 면하게 할 수 있다면,
죽어갈 수 없는 오늘의 명예를
모두 당신 것으로 하고, 오들리, 살아주오.
오들리 승리하신 전하―이기셨습니다,
왕을 포로로 한 바 있는 시저의 명성을 얻으신 거요―
전하의 고귀하신 아버님, 폐하를 뵈올 때까지,
희미한 죽음을 저 멀리 몰아낼 수 있다면,
저의 혼은 이 육체라는 성(城),
엉망으로 찢긴 이 몸이나마, 기쁘게
암흑과 종말, 흙과 구더기의 세계로 가렵니다.
에드워드 왕자 기운을 내오, 힘 있는 자여, 그대의 혼은 자긍심
이 강하니,
조금쯤 그 성벽이 파괴되었다고 하여도, 마을을 내줄 수는
없으며,
프랑스 인의 흐늘흐늘한 칼로
이 세상의 배우자인 육체와 이혼할 수는 없소.
자, 당신의 생명을 회복시키기 위하여, 당신에게
연수 3천 마르크인 잉글랜드의 토지를 드리겠소
오들리 그 선물을 저의 빚을 갚는데 쓰겠습니다.
이들 가엾은 두 종자는 저를 프랑스 군에서 구출하였으며,
건강하고 귀중한 생명을 위험에 드러낸 바 있습니다.

전하께서 주신 것을 이 자들에게 넘기겠습니다.

그리고 전하, 저를 사랑하신다면, 부디 최후의

유언인 이 증여를 승낙하여 주십시오.

에드워드 왕자 명성 높으신 오들리, 살아주오. 이들 종자와

당신에게 드리는 두 배의 선물을 받아주오.

그러나 생사에 관계없이 이들에게 증여한 것은

언제까지든 관대하게 인정될 것이오.

자, 여러분, 나의 친구를 편안한

가마에 태워야겠소. 그리고 의기양양한 보조(步調)로

깔레를 향하여 자랑스럽게 행진하여,

부왕을 뵈옵고, 거기에서

이 전쟁의 노획물인 그럴듯한 프랑스 왕을 바칠 것이오.

(일동 퇴장)

제 5 막

아, 굴복하는 자들에게는 너그럽게 하세요.
평화를 이룩하는 것은 영예로운 일입니다.
그리고 왕은 사람들에게 생명을, 그리고 안전을 주는 것으로,
신께 가장 가까이 가는 것이죠.

•

제1장 왕비의 대사 중에서

제1장 **비까르디. 깔레 앞의 잉글랜드 진영**

에드워드 왕, 필리빠 왕비, 더비, 병사들 등장.

에드워드 왕 그만하오, 필리빠 왕비, 진정하오.
코프랜드가 자기 잘못을 핑계대지 못하게,
놈을 째려보며, 이 불쾌함을 알려줄 것이니.
자, 오만하게 저항하고 있는 이 도시라,
병사들, 공격이다! 놈들의 위장지연술에
더 이상은 속지 않을 것이다.
검을 들라, 약탈품은 제각기 차지하여라.

시민 여섯 명이 내의차림에 맨발로, 목에 밧줄을 걸고 등장.

시민들 자비를, 에드워드 왕 폐하, 자비를, 은혜 깊으신 폐하!
에드워드 왕 경멸할 악당들! 지금에 와서 휴전을 바라느냐?
너희들의 무익한 외침을 들을 귀가 없다.
북을 울려라, 전투다, 위협할 검을 뽑아라!
시민 1 아, 고귀하신 폐하, 이 도시를 불쌍히 여기소서.
저희 말씀을 들어주세요 위대하신 폐하.
폐하가 하신 약속을 지켜주십쇼

이틀의 유예기간은 아직 끝나지 않았습니다.
우리는 폐하가 원하시는 대로 어떤 고문을 당해 죽든,
어떤 벌이든, 기꺼이 받으려고 왔습니다.
그래서 떨고 있는 수많은 사람들을 살려낼 수만 있다면요.
에드워드 왕 약속이라? 그래, 분명히 하였다.
그러나, 내가 요구한 것은 주요한 시민들,
그리고 가장 부유한 자들의 투항이다.
너희들은 혹시나 비천한 하인이거나,
흉악한 해족이라, 체포되어서,
내가 너희들을 가혹하게 죽이지 않아도,
법으로 사형당하게 돼 있으렷다.
아니, 안되지, 그런 꾀에 넘어갈 수는 없다.
시민 2 폐하, 지금 서쪽으로 기우는 태양이
궁상맞게 몸을 숙인 저희들을 비추고 있사오나,
동쪽 하늘이 여명으로 붉게 비추고 나올 때는,
우리도 명사로 인식되어 왔으며,
아니라하면 저주받은 마귀의 무리라고 하여도 좋습니다.
에드워드 왕 만일 그렇다면 약속대로 할 것이며—
평화롭게 도시를 차지하겠다.
그러나 너희들은 자신의 사면을 바라지 말라.
또한 왕의 정의가 명하는 대로,
너희들의 몸은 이 성벽 주위를 끌려 다니고,
그 다음은 사지를 가르는 검의 일격을 받을 것이다.

이것이 너희들의 운명이다. 가라, 병사들, 처단하라.

왕비 아, 굴복하는 자들에게는 너그럽게 하세요.

평화를 이룩하는 것은 영예로운 일입니다.

그리고 왕은 사람들에게 생명을, 그리고 안전을 주는 것으로,

신께 가장 가까이 가는 것이죠.

프랑스의 왕이 되려는 심산이시라면,

그곳 인민들이 당신을 왕이라고 부르도록 하세요

칼을 내려치고, 불길로 태워버리는 것은

우리의 평판에 하나도 도움이 되지 않습니다.

에드워드 왕 경험이 옳은 일이라고 가르쳐 준 바,

평화로운 고요함이 가장 즐겁게 해주는 것은,

모든 악폐가 단속될 때라고 하였소

그러나 검을 휘둘러서 남을 정복하기도 하거니와,

그만큼 애정을 터득하고 있음도 알려야 할 것인즉,

필리빠의 말대로 따르리라.

너희들의 요구를 들어주마.

이들이 살아서 자비를 자랑스럽게 말하게 하는 거다.

그리고 학정은 너희들을 공포로 떨게 하리라.

시민들 국왕 폐하 만세, 만수무강하소서!

에드워드 왕 자, 떠나라, 도시로 돌아가는 거다.

그리고 이 친절이 너희들의 사랑에 합당할만한 일이라면,

에드워드를 너희들의 왕으로서 숭배토록 하라.

(시민들 퇴장)

이제 해외에서의 우리 군이 한 일들을 듣자하니,
음울한 겨울철이 끝날 때까지,
우리의 주둔부대를 잠시 배치한 상태로 놔둬야겠는데—
아니, 누가 오는 거지?

코프랜드와 데이빗 왕 등장.

더비 코프랜드와 스코틀랜드의 데이빗 왕입니다, 폐하.
에드워드 왕 이 자가 왕비에게 포로를 넘기려고 하지 않은
오만하고 뻔뻔한 북쪽의 향사인가?
코프랜드 폐하, 저는 사실 북쪽의 향사이긴 합니다,
그러나 오만하지도 건방지지도 않습니다.
에드워드 왕 그렇다면, 어찌하여 왕비의 소원을 그다지도
고집스럽게 거부하였느냐?
코프랜드 일부러 반항하려고 한 것은 아닙니다, 폐하,
다만 자신의 공적과 공적인 법규를 따른 것입니다.
저는 혼자서 싸워, 왕을 사로잡았습니다.
그리고 병사답게, 적어도 싸워서 이긴 큰 공로를
잃고 싶지가 않았던 것입니다.
그래서 이 코프랜드는 폐하의 명령에 즉각 순응하여,
프랑스에 왔으며, 심신을 낮추어서
이 승리의 성과를 보여드리나이다.
폐하, 이 공물을 받아주소서.

고생하여 차지한 귀중한 것이나이다.

만약 폐하께서 그 자리에 계셨다면,

훨씬 앞서서 인도가 되었을 것입니다.

왕비 그러나 코프랜드, 너는 왕의 이름으로 행한

나의 임무를 무시하며, 왕의 명령을 모욕하였다.

코프랜드 왕의 존함을 숭배하오나, 폐하는 더욱이나 숭앙합니다.

그 존함에 대하여, 언제나 충성을 다하오며,

폐하 자신에게는 무릎을 굽히나이다.

에드워드 왕 아무쪼록 필리빠, 불쾌한 것을 흘려보내오.

이 자가 마음에 드는구려. 그리고 말솜씨도 호감을 주오.

큰일을 하려고 하는 자가

그 일에 따르는 영광을 놓치려고 하겠소?

모든 하천은 바다로 흘러가오.

코프랜드의 충성도 왕에게 오는 거요.

그러니까 무릎을 꿇어라―일어서라―에드워드 왕의 기사여,

너의 신분을 유지하게 하려고, 너와 너의 후손에게

일 년에 5백 마르크를 줄 것이니라.

설즈베리 등장.

어서 오오, 설즈베리 경, 브르타뉴에서 무슨 소식이 있소?

설즈베리 이것입니다, 폐하, 그 곳에서 우리가 이겨서 차지하

였으며,

그 나라의 섭정 샤를르 드 문포르가

폐하에게 이 보관(寶冠)을 보내며

폐하에게 진정한 충성을 확언하였습니다.

에드워드 왕 수고하였소, 용감한 백작.

소망을 말하오, 애쓴 보람이 있으니까.

설즈베리 그러하오나, 폐하, 이 기쁜 소식에 이어서

비참한 목소리를 내지 않을 수가 없습니다.

슬픈 사건을 읊어야 하겠습니다.

에드워드 왕 아니, 우리 군이 뽀와따에서 타도되었는가,

아니면 내 아들이 극히 어려운 처지에 빠진 건가?

설즈베리 전하가 그러합니다, 폐하, 별 것도 아니오나, 제가

40명의 충실한 기사들과 같이,

프랑스 황태자의 서명을 받은 통행증에 의해서,

길을 가다가, 보아하니 전하가 곤란한 처지에 있었습니다.

가는 도중에 창부대와 마주쳐,

기습을 받았으며, 포로가 되어 프랑스 왕에게 연행 되었죠.

왕은 신이 나서 복수를 한답시고,

저희들의 목을 바로 베라고 명령하였습니다.

화가 난 아버지보다는 명예를 존중하는 공작이

저희들을 곧바로 석방시켜 주었으니 망정이지,

틀림없이 죽을 뻔했습니다.

그런데 저희가 떠나기 전에 "너희 왕에게 인사한라"고 하며,

"아들의 장례나 준비하라고 일러라.
오늘 우리의 검이 왕자의 생명의 줄을 끊을 것이다.
왕이 생각했던 것보다 우리가 일찍 왔으니,
탈이 나게 한데 대한 앙갚음을 하리라"고 하였습니다.
이 말에 대꾸하지 않고 지나갔습니다.
우리들의 마음은 죽은 것이었고, 몰골은 흩어지고 핏기도 없었죠.
걷고 걷다가 결국 산 위에 도달하였습니다만,
거기서 우리를 비탄에 빠지게 했던 것은,
바로 우리의 눈으로 상황을 확인한 바,
이는 세 배나 무겁게 마음을 짓눌렀습니다.
거기서, 폐하, 거기에 양군이
계곡 아래에서 대치하고 있는 것을 보았습니다.
프랑스 군은 바퀴모양으로 참호를 구축하였고,
방색(防塞) 사이 마다에
황동색 대포가 가득히 배치되어 있었습니다.
이쪽에는 1만의 기병대가 대비하였고,
그쪽은 두 배의 창부대가 네모꼴로 진을 치고 있었습니다.
이쪽에는 석궁(石弓)과 죽음의 상처를 내는 투창(投槍)이 있으며,
그 가운데는 저명하신 에드워드 황태자님이,
수평선의 한계 안에 날씬한 점과도 같이,
마치 바다에서 일어나는 거품 같기도 하고,

솔 나무 숲 속의 나뭇가지인가, 아니면
말뚝에 단단히 매여진 곰과도 같이
프랑스의 개들이, 자신의 고기를 탐내어
대들 것을 기다리는 것 같이 서 계셨습니다.
곧바로 죽음을 부르는 종소리가 울리고,
대포가 터지고, 몸을 떨게 하는 소음이
포대(砲臺)가 설치된 산조차도 흔들게 하였습니다.
그러다가 나팔소리가 하늘에 울려 퍼지고,
전투로 마주쳐서, 더 이상은
우군과 적군 사이를 가름할 수 없게 되어,
암흑의 혼돈 속에 얽혀든 듯하였으며,
연기를 뿜어내는 화약과도 같이 검은
한숨을 쉬며, 눈물로 젖은 눈을 돌렸습니다.
이와 같이, 에드워드 전하의 불운하게도 때아닌
죽음을 맞이한 소식을 유감스럽게 말씀드립니다.
왕비 아, 어쩌면 이것이 프랑스가 환영하는 건가?
사랑하는 아들을 만나서,
위안을 받으려고 바랬는데, 어찌 이럴 수 있단 말인가?
귀여운 네드, 어미는 이 슬픈 종말을 듣지 않게,
바다에서 빠졌더라면 좋았을 걸.
에드워드 왕 참아요, 필리빠, 눈물을 흘린다고
그 애가 돌아올 것도 아니요, 거기서 잡혔다고 하여도,
내가 하듯이, 아직 들어본 일도 없는 무서운 복수를

뼈저리게 생각하면서, 위로하는 거요, 왕비,
그 왕이 나더러 아들의 장례나 준비하라고 하였지!
그렇게 하겠다, 그러나 프랑스의 귀족들이
장례에서 애도자가 되게 할 것이며, 온몸의 혈관이
메마르게 되도록 피눈물을 쏟게 할 것이다.
그 관(棺)의 뼈대는 놈들의 뼈로 하겠다.
유해를 덮을 흙은, 놈들의 도시를 불태운 재다.
조종소리는 죽어가는 놈들의 비통하게 부르짖는 소리다.
그리고 묘를 비칠 불빛 대신으로
백오십의 탑을 훨훨 태워서
용감한 아들의 죽음을 비탄해 할 것이다.

안에서 화려한 음악소리, 전령 등장.

전령 기뻐하십시오, 폐하, 옥좌에 오르십시오!
강력하시며 위덕 있으신 황태자이시며,
피에 젖은 군신 마르스의 위대한 종이시고,
프랑스인의 공포이자, 우리나라의 명예이신 전하가,
로마의 귀족과도 같이 개선하셨습니다.
그 등자(鐙子) 아래, 프랑스의 죤 왕과 그 왕자가 같이,
포로로 묶여서, 도보로 따라오고 있습니다.
전하는 그의 왕관을 폐하에게 바쳐서
폐하를 프랑스의 왕으로 선언하고자 하십니다.

에드워드 왕 애도는 사라졌다. 필리빠, 눈물을 씻으오!
나팔을 울려라. 용하게 왔다, 플랜태지넷!

에드워드 왕자, 쫀 왕, 필립, 오들리, 아르또와 등장.

오랫동안 잊어버렸던 것을 다시 찾은 것 같다.
아들이 아버지의 마음을 흐뭇하게 하는구나,
네 생각으로 정신을 못 차린 듯하였다.
왕비 이것이 나의 기쁨을 나타내는 거다.

(키스한다)

가슴이 벅차서, 말도 나오지 않는구나.
에드워드 왕자 아버님, 이 선물을 받으십시오,
승리의 왕관이며, 전쟁의 보상이나이다.
생명의 위험을 무릅쓰고 빼앗은 것이며,
언제나 전리품에는 목숨을 거는 거죠.
폐하의 당연한 권리로서, 프랑스의 왕위를 차지하소서.
그리고 여기에 우리들 다툼의 주원인이었던
이들 포로를 인도하나이다.
에드워드 왕 자, 프랑스의 쫀, 약속한 바를 지킨 듯하다.
생각하였던 것보다 우리가
일찍 만난다고 약속하였는데, 그대로 되었군.
그러나 당초부터 이렇게 되었다면,
지금 폐허로 돌더미가 산이 돼버린

그 훌륭한 도시들이 상처입지 않고 남았을 것이 아닌가?
때도 아니게 무덤에 가라앉은
많은 사람들의 생명을 구할 수도 있었을 것이 아닌가?

죤 왕 에드워드, 돌이킬 수 없는 것은 말하나 마나다.
요구하는 보상금이나 말해다오.

에드워드 왕 죤, 보상금은 나중에 일러주마.
우선 바다를 건너서 잉글랜드에 가는 거다.
어떤 대접을 받게 될 것인지 알아야지―
아무리 굴러 봐도 우리가 프랑스에 도착한 후에,
다한 것보다 고약하게 받은 것이야, 아니겠지만.

죤 왕 저주 받을 놈! 예고된 바 있었으나,
예언자가 말한 것과는 딴 소리를 하고 있군.

에드워드 왕자 이제 아버님이신 주님께 에드워드 왕자가 기원
하나이다―

(무릎 꿇고 기도한다) 주의 은혜가 언제나 가장 강력한 방패였
습니다.
주님은 그 힘을 보여드리기 위하여
저를 수단으로 선정해주셨으나,
그 작은 섬나라에서 자란
많은 왕자들에게도 그러한 승리로서
명성을 올리도록 해주십시오!
저의 경우는, 이 몸이 입은 피투성이 상처들,
전장에서 잠도 자지 않은 피로한 밤들,

여러 번 겪은 위태로운 전투,
저에게 다가온 몸서리치는 위협,
더위와 추위, 기타의 불쾌한 것들이
스무 배는 되어졌으면 하고 생각합니다.
그러면 장차 사람들이 우리들 어린 청춘의
고통스러웠던 이야기들을 읽게 될 때,
그것으로 굳건한 결의가 훨훨 타올라서,
프랑스의 영토뿐만 아니라
스페인이거나, 터키이거나, 또 다른 나라든
아름다운 잉글랜드의 노여움을 불러일으키면,
겁에 질려서 물러나게 되는 겁니다.

에드워드 왕 자, 잉글랜드의 경들, 평화를 선언한다.
해로운 투쟁은 끝이 났소
검은 칼집에 넣고, 피로한 팔다리의 원기를 회복하여라.
전리품을 바라보며, 이 항구도시에서
하루 이틀 푹 쉬고 나서,
신이 바라시는 대로, 잉글랜드로 출항한다.
우리는 개선을 하며, 세 왕, 두 왕자,
그리고 한 왕비가 도착하는 거다.

(일동 퇴장)

종막

작품해설

필자가 1956년부터 셰익스피어 작품의 번역을 시작할 때부터 번역을 완료하고 이들 번역 작품들을 단행본으로 거의 출간할 때까지도 세계 학계에서 공인을 받은 셰익스피어의 작품은 희곡 37편에 장시 3편이었다. 필자의 운명적 숙제가 된 셰익스피어 전집의 번역 작업도 세계 학회에서 공인된 40권으로 마쳐 2009년 현재 34권이 출판되었다.

그런데 근자에 희곡 작품 두 편이 셰익스피어의 작품으로 세계 학계에서 공인을 받게 되었다. 이들 두 편의 셰익스피어 작품은 『두 귀족 친척(The Two Noble Kinsmen)』과 『에드워드 3세(King Edward III)』이다. 필자는 이들 두 편의 작품들도 마땅히 전집에 추가하게 되었다. 그래서 필자가 번역하고 도서출판 전예원이 간행하는 셰익스피어의 전집은 총 42권으로 증편되었다. 이에 따라 새로 공인을 받은 이들 두 편의 작품을 새로 번역하여 이번에 출판하게 되었다. 우리나라에서 이들 두 작품의 번역과 간행은 처음으로 이루어지는 일이라 심리적인 부담과 책임도 크지만 그나름의 의의가 크다고 자부하고 있다. 차제에 셰익스피어 전집 42권을 완역 출간한다는 큰 숙제도 마감하게 되어 필자는 한편으로 홀가분하면서도 깊고 새로운 감회를 느낀다.

『에드워드 3세』의 경우에도 저자에 대한 이설(異說)이 있었던 것도 있다. 『두 귀족 친척』의 경우는 셰익스피어와 플레처의 공동작이라는데 학계에서의 논의가 귀착되었으나, 『에드워드 3

세』의 경우는 다르다. 작자가 미심한 상태가 한 동안 계속되었다. 『에드워드 3세』는 1595년 12월 1일에 커스버트 버비(Cuthbert Burby)에 의하여 서적출판업조합(Stationer's Register)에 등록되었고, 1596년 초판이(1599년에 재판으로 제 2판이) 출판되었다.

커스버트 버비는 1598년에 『사랑의 헛수고』(Love's Labour's Lost)와 1596년과 1599년에 『로미오와 줄리엣』(Romeo and Juliet)을 출판한 바 있으며 동시에 『에드워드 3세』(King Edward III)로 셰익스피어 작품을 세 번 출판하였다. 그러나 저자의 이름은 기재되어 있지 않았다. 이 무렵 출판에 저자명이 기재가 안됐다고 해서 셰익스피어의 작품이냐 아니냐를 따지기는 어렵다. 1598년 이전에는 셰익스피어의 작품이라고 해도 셰익스피어의 이름이 기재된 출판물은 없었다. 1597년에 출판된 『헨리 6세 2부』와 『헨리 6세 3부』, 『리처드 2세』, 『리처드 3세』, 『말괄량이 길들이기』, 『로미오와 줄리엣』의 각 초본에도 셰익스피어의 이름은 기재된 바 없었다. 따라서 초판에 셰익스피어의 이름이 기재되지 않았다고 해서 셰익스피어의 작품이 아니라고는 할 수 없다. 그러나 최초로 셰익스피어 전집인 제 1·2 폴리오(1623년)에 수록이 되어있지 않았다는 것은 주요한 사실로 취급되며 셰익스피어의 작품이 아니라는 설은 여기에 근거를 두고 있었다.

우여곡절 끝에 셰익스피어의 작품으로 인정된 『에드워드 3세』나 『두 귀족 친척』도 거기에 수록되어 있지 않은 사실도 특기할만 하나 이것을 근거로 확실하게 단정할 수도 없는 일이다. 『에드워드 3세』의 경우 작가로서는 크리스터퍼 말로(Christopher Marlowe, 1561~93) 설도 있었고, 많은 논의가 있었으나 각설을 하면, ① 로버트 그린, 존 바르 등과의 합작설, ② 셰익스피어의 가필이나 개정설, ③ 셰익스피어의 단독작, ④ 마이켈 드레이톤, 로버트 윌슨, 토마스 로지 등이 극작가라는 설 등이 있으며, 근자에 와서는 작품 속에 셰익스피어의 특징인 필치가 있느냐하는 내부적 증명의 기틀을 따지는 것이다. 셰익스피어의 작품과의 뚜렷한 유사성, 사용단어의 유사성으로 보아서 『에드워드 3세』의 작가로서 셰익스피어를 공인하는 경향이며 우선 리버사이드판 셰익스피어 전집 제 2판(1997)과 캠브리지대학 출판사에서 간행된 「뉴 캠브리지 셰익스피어」의 한 책으로서 출판(1998)되었으며, 로열 셰익스피어 극단이 2002년에 『에드워드 3세』를 셰익스피어의 작품으로 공연하게 되었다는 등으로 필자도 일단 『에드워드 3세』를 셰익스피어의 작품으로서 전집내용에 포함하기로 하였다.

창작과 공연사

　『에드워드 3세』가 1595년에 출판등록된 것으로 보아서 창작은 그 이전으로 추정되나, 체임버즈(E.K.Chambers)는 1594~95년으로, 어떤 자는 1589~90이라고도 한다. 하지만 New Cambridge의 편집인인 지오르지오 멜키오리(Giorgio Melchiori)는 1590~94년으로 정하고 있으며, 펜브로크 백작 극단(Earl of Pembroke's Men)이 공연하였다는 가정을 믿는다면 1592~93년으로 추정되고 있다. 그리고 저술의 근거는 셰익스피어가 흔히 역사에 관한 많은 저술에서 참고로 하였듯이 『홀린셰드의 연대기』(Holinshed's Chronicles)와 후르와싸르(Jean Froissart, 1337?~1404?)의 『연대기』(Croniques)의 영역판을 근거로 하였으며, 윌리엄 페인터(William Painter, C. 1540~94)의 『쾌락의 궁정』(The Palace of Pleasure,1575)과 스페인의 무적함대에 대한 승리에 관한 소책자를 참고로 하였을 것이다.

　『에드워드 3세』의 1596년 초판본에는 "런던의 마을 부근에서 자주 공연되었다"라고 기재되어 있다. 그러나 그 자세한 내용은 알 수가 없다. 그리고 약 3세기 동안 직업극단 공연이 없었다. 최초로 기록이 되어있는 공연은 엘리자베스 시대의 무대협회의 창립자인 배우이자 연출가인 윌리엄 포웰(William Powell)의 노력으로 제 2막만을 『왕과 백작부인』(*The King and the Countess*)이라는 제목의 1막 극으로 런던의 리틀 시어터(Little Theatre)에서 1911년 3월 6일에 공연한 것이다.

그 후 약 50년 만에 무대공연은 아니나, 1963년 11월 28일에 BBC가 이 작품을 방송을 하였는데 102분이라는 방송시간에 맞춰서 공연되었다. 그때 각색 연출은 Raymond Raikes, 왕 역은 Stephen Murray, Googie Withers가 백작부인 역을 맡았었다. 1980년대에는 Thad Taylor와 Jay Uhley가 주도하여 미국 셰익스피어협회(The Shakespeare Society of America)가 14개의 셰익스피어 작품을 Los Angeles의 Globe Playhouse에서 공연하였다. 셰익스피어의 의심스러운 작품이라고 하여 『두 귀족 친척』과 1986년 7월에는 『에드워드 3세』가 Dick Dotterer 연출로 공연된 바 있다. 최초의 직업적인 공연이 Tonu Robertson 연출로 1987년 6월에 Mold의 Theatre Clwyd 극단에 의해 세일즈, 7월에는 캠브리지, 8월에는 시칠리아 섬 북동부의 Taormina에서 열린 셰익스피어 심포지엄에서 공연이 이어졌다.

1997년 11월에는 미국 캘리포니아 셰익스피어 축제에서 Kent Nicholson이 연출한 공연이 있었고, 1998년 12월에는 그 공연에 이어서 캘리포니아 대학의 Shakespeare Forum에서 이 작품의 공연낭독회가 있었다.

2001년 10월에는 캘리포니아 주 카멜의 Golden Poe Playhouse에서 Pacific Repertory Theatre가 스티븐 모아라 연출로 직업극단으로서의 공연이 있었다.

2002년 4월부터 9월까지 Stratford upon Avon의 Swan 극장에서 로열 셰익스피어 극단이 공연하였고, 12월부터 2003년 3월까지는 런던의 Guilgud 극장에서 재공연되었다.

2003년 3월부터 6월까지는 캘리포니아 주 Pasadena의 나이츠 브리지 극장에서 National American Shakespeare 극단의 재즈 대빗슨이 연출한 공연이 있었다.

『에드워드 3세』는『두 귀족 친척』도 마찬가지지만 셰익스피어의 의심스러운 작품으로 인정되기 시작된 후에 공연이 잇따랐다. 셰익스피어의 작품으로 공인되는 마당에서 그 공연 횟수는 계속 증가 추세에 있을 것은 거의 틀림없을 것 같다.

『에드워드 3세』의 번역은 New Cambridge Shakespeare 전집에 수록된 「에드워드 3세」(1998)로 하였으며, 참고로 주석은 이 책자와 Riverside판 셰익스피어 전집 제2판(1997)의 『에드워드 3세』를 사용하여 크게 도움을 받은 바 있다. 셰익스피어의 전집 전권을, 새로이 추가된 『두 귀족 친척』과 『에드워드 3세』까지 포함하여 출판을 맡아준 전예원에 깊이 감사를 드린다.

셰익스피어 전집 42

에드워드 3세

옮긴이 · 신정옥
펴낸이 · 양계봉
만든이 · 김진홍

펴낸곳 · 도서출판 전예원
주소 · 경기도 용인시 처인구 모현면 초부리 519-6
전화번호 · 031) 333-3471. 전송번호 · 031) 333-5471
e-mail · jeonyaewon@lycos.co.kr

출판등록일 · 1977년 5월 7일. 출판등록번호 · 16-37호

2009년 08월 05일 초판 인쇄
2009년 08월 10일 초판 발행

ISBN · 978-89-7924-119-8   04840
ISBN · 978-89-7924-011-5   04840 (세트)